U0916423

自由的夜行

史铁生——著

读者出版社

图书在版编目（CIP）数据

自由的夜行 / 史铁生著. -- 兰州 ：读者出版社，2023. 1

ISBN 978-7-5527-0715-1

Ⅰ. ①自… Ⅱ. ①史… Ⅲ. ①中国文学－当代文学－作品综合集 Ⅳ. ①I217. 2

中国版本图书馆CIP数据核字（2022）第229258号

自由的夜行

史铁生 著

责任编辑 漆晓勤

封面设计 尚燕平

出版发行 读者出版社

地 址 兰州市城关区读者大道568号（730030）

邮 箱 readerpress@163.com

电 话 0931-2131529（编辑部） 0931-2131507（发行部）

印 刷 天津鑫旭阳印刷有限公司

规 格 开本 880 毫米 × 1230 毫米 1/32

印张 8. 5 字数 209 千

版 次 2023 年 1 月第 1 版

2023 年 1 月第 1 次印刷

书 号 ISBN 978-7-5527-0715-1

定 价 52. 00元

目录

第一章 我与地坛

第二章 轻轻地走与轻轻地来

第三章 好运设计

第四章 放下与执着

第五章 人间智慧必在某处汇合

第一章 我与地坛

我与地坛

一

我在好几篇小说中都提到过一座废弃的古园，实际就是地坛。许多年前旅游业还没有开展，园子荒芜冷落得如同一片野地，很少被人记起。

地坛离我家很近。或者说我家离地坛很近。总之，只好认为这是缘分。地坛在我出生前四百多年就坐落在那儿了；而自从我的祖母年轻时带着我父亲来到北京，就一直住在离它不远的地方——五十多年间搬过几次家，可搬来搬去总是在它周围，而且是越搬离它越近了。我常觉得这中间有着宿命的味道：仿佛这古园就是为了等我，而历尽沧桑在那儿等待了四百多年。

它等待我出生，然后又等待我活到最狂妄的年龄上忽地残废了双腿。四百多年里，它一面剥蚀了古殿檐头浮夸的琉璃，淡褪了门壁上炫耀的朱红，坍圮了一段段高墙又散落了玉砌雕栏，祭坛四周的老柏树愈见苍幽，到处的野草荒藤也都茂盛得自在坦荡。这时候想必我是该来了。十五年前的一个下午，我摇着轮椅进入园中，它为一个失魂落魄的人把一切都准备好了。那时，太阳循着亘古不变的路途正越来越大，也越红。在满园弥漫的沉静光芒中，一个人更容易看到时间，并看见自己的身影。

自从那个下午我无意中进了这园子，就再没长久地离开过它。我一下子就理解了它的意图，正如我在一篇小说中所说的："在人口密聚的城市里，有这样一个宁静的去处，像是上帝的苦心安排。"

两条腿残废后的最初几年，我找不到工作，找不到去路，忽然间几乎什么都找不到了，我就摇了轮椅总是到它那儿去，仅为着那儿是可以逃避一个世界的另一个世界。我在那篇小说中写道："没处可去我便一天到晚耗在这园子里。跟上班下班一样，别人去上班我就摇了轮椅到这儿来。""园子无人看管，上下班时间有些抄近路的人们从园中穿过，园子里活跃一阵，过后便沉寂下来。""园墙在金晃晃的空气中斜切下一溜阴凉，我把轮椅开进去，把椅背放倒，坐着或是躺着，看书或者想事，撅一杈树枝左右拍打，驱赶那些和我一样不明白为什么要来这世上的小昆虫。""蜂儿如一朵小雾稳稳地停在半空；蚂蚁摇头晃脑捋着触须，猛然间想透了什么，转身疾行而去；瓢虫爬得不耐烦了，累了，祈祷一回便支开翅膀，忽悠一下升空了；树干上留着一只蝉蜕，寂寞如一间空屋；露水在草叶上滚动，聚集，压弯了草叶轰然坠地摔开万道金光。""满园子都是草木竞相生长弄出的响动，窸窸窣窣，片刻不息。"这都是真实的记录，园子荒芜但并不衰败。

除去几座殿堂我无法进去，除去那座祭坛我不能上去而只能从各个角度张望它，地坛的每一棵树下我都去过，差不多它的每一米草地上都有过我的车轮印。无论是什么季节，什么天气，什么时间，我都在这园子里待过。有时候待一会儿就回家，有时候就待到满地上都亮起月光。记不清都是在它的哪些角落里了，我一连几小时专心致志地想关于死的事，也以同样的耐心和方式想过我为什么要出生。这样想了好几年，最后事情终于弄明白了：一个人，出生了，这就不再是一个可以辩论的问题，而只是上帝交给他的一个事实；上帝在交给我们这件事实的时候，已经顺便保证了它的结果，所以死是一件不必急于求成的事，死是一个必然会降临的节日。这样想过之后我安心多了，眼前的一切不再那么可怕。比如你起早熬夜准备考试的时候，忽然想起有一个长长的假期在前面等待你，你会不会觉得轻松一点，并且庆幸并且感激这样的安排？

剩下的就是怎样活的问题了。这却不是在某一个瞬间就能完全想透的，不是能够一次性解决的事，怕是活多久就要想它多久了，就像是伴你终生的魔鬼或恋人。所以，十五年了，我还是总得到那古园里去，去它的老树下或荒草边或颓墙旁，去默坐，去呆想，去推开耳边的嘈杂理一理纷乱的思绪，去窥看自己的心魂。十五年中，这古园的形体被不能理解它的人肆意雕琢，幸好有些东西是任谁也不能改变它的。譬如祭坛石门中的落日，寂静的光辉平铺的一刻，地上的每一个坎坷都被映照得灿烂；譬如在园中最为落寞的时间，一群雨燕便出来高歌，把天地都叫喊得苍凉；譬如冬天雪地上孩子的脚印，总让人猜想他们是谁，曾在那儿做过些什么，然后又都到哪儿去了；譬如那些苍黑的古柏，你忧郁的时候它们镇静地站在那儿，你欣喜的时候它们依然镇静地站在那儿，它们没日没夜地站在那儿从你没有出生一直站到这个世界上又没了你的时候；譬如暴雨骤临园中，激起一阵阵灼烈而清纯的草木和泥土的气味，让人想起无数个夏天的事件；譬如秋风忽至，再有一场早霜，落叶或飘摇歌舞或坦然安卧，满园中播散着熨帖而微苦的味道。味道是最说不清楚的，味道不能写只能闻，要你身临其境去闻才能明了。味道甚至是难于记忆的，只有你又闻到它你才能记起它的全部情感和意蕴。所以我常常要到那园子里去。

二

现在我才想到，当年我总是独自跑到地坛去，曾经给母亲出了一个怎样的难题。

她不是那种光会疼爱儿子而不懂得理解儿子的母亲。她知道我心里的苦闷，知道不该阻止我出去走走，知道我要是老待在家里结果会更糟，但她又担心我一个人在那荒僻的园子里整天都想些什么。我那时脾气坏到极点，经常是发了疯一样地离开家，从那园子里回来又中了魔似的什么话都不说。母亲知道有些事不宜问，便犹犹豫豫地想问而终于不敢问，因为她自己心里也没有答案。她料想我不会愿意她跟我一同去，所以她从未这样要求过，她知道得给我一点独处的时间，得有这样一段过程。她只是不知道这过程得要多久，和这过程的尽头究竟是什么。每次我要动身时，她便无言地帮我准备，帮助我上了轮椅车，看着我摇车拐出小院，这以后她会怎样，当年我不曾想过。

有一回我摇车出了小院，想起一件什么事又反身回来，看见母亲仍站在原地，还是送我走时的姿势，望着我拐出小院去的那处墙角，对我的回来竟一时没有反应。待她再次送我出门的时候，她说："出去活动活动，去地坛看看书，我说这挺好。"许多年以后我才渐渐听出，母亲这话实际是自我安慰，是暗自的祷告，是给我的提示，是恳求与嘱咐。只是在她猝然去世之后，我才有余暇设想，当我不在家里的那些漫长的时间，她是怎样心神不定坐卧难宁，兼着痛苦与惊恐与一个母亲最低限度的祈求。现在我可以断定，以她的聪慧和坚忍，在那些空落的白天后的黑夜，在那不眠的黑夜后的白天，她思来想去最后准是对自己说："反正我不能不让他出去，未来的日子是他自己的，如果他真的要在那园子里出什么事，这苦难也只好我来承担。"在那段日子里——那是好几年长的一段日子，我想我一定使母亲做过最坏的准备了，但她从来没有对我说过："你为我想想。"事实上我也真的没为她想过。那时她的儿子还太年轻，还来不及为母亲想，他被命运击昏了头，一心以为自己是世上最不幸的一个，不知道儿子的不幸在母亲那儿总是要加倍的。她有一个长到二十岁上忽然截瘫了的儿子，这是她唯一的儿子；她情愿截瘫的是自己而不是儿子，可这事无法代替。她想，只要儿子能活下去哪怕自己去死呢也行，可她又确信一个人不能仅仅是活着，儿子得有一条路走向自己的幸福，而这条路呢，没有谁能保证她的儿子终于能找到。——这样一个母亲，注定是活得最苦的母亲。

有一次与一个作家朋友聊天，我问他学写作的最初动机是什么？他想了一会儿说：“为我母亲。为了让她骄傲。”我心里一惊，良久无言。回想自己最初写小说的动机，虽不似这位朋友的那般单纯，但如他一样的愿望我也有，且一经细想，发现这愿望也在全部动机中占了很大比重。这位朋友说：“我的动机太低俗了吧？”我光是摇头，心想低俗并不见得低俗，只怕是这愿望过于天真了。他又说：“我那时真就是想出名，出了名让别人羡慕我母亲。”我想，他比我坦率。我想，他又比我幸福，因为他的母亲还活着。而且我想，他的母亲也比我的母亲运气好，他的母亲没有一个双腿残废的儿子，否则事情就不这么简单。

在我的头一篇小说发表的时候，在我的小说第一次获奖的那些日子里，我真是多么希望我的母亲还活着。我便又不能在家里待了，又整天整天独自跑到地坛去，心里是没头没尾的沉郁和哀怨，走遍整个园子却怎么也想不通：母亲为什么就不能再多活两年？为什么在她的儿子就快要碰撞开一条路的时候，她却忽然熬不住了？莫非她来此世上只是为了替儿子担忧，却不该分享我的一点点快乐？她匆匆离我去时才只有四十九岁呀！有那么一会儿，我甚至对世界对上帝充满了仇恨和厌恶。后来我在一篇题为《合欢树》的文章中写道：“坐在小公园安静的树林里，我闭上眼睛，想：上帝为什么早早地召母亲回去呢？很久很久，迷迷糊糊地，我听见回答：‘她心里太苦了，上帝看她受不住了，就召她回去。’我似乎得了一点安慰，睁开眼睛，看见风正在树林里吹过。”小公园，指的也是地坛。

只是到了这时候，纷纭的往事才在我眼前幻现得清晰，母亲的苦难与伟大才在我心中渗透得深彻。上帝的考虑，也许是对的。

摇着轮椅在园中慢慢走，又是雾罩的清晨，又是骄阳高悬的白昼，我只想着一件事：母亲已经不在了。在老柏树旁停下，在草地上在颓墙边停下，又是处处虫鸣的午后，又是鸟儿归巢的傍晚，我心里只默念着一句话：可是母亲已经不在了。把椅背放倒，躺下，似睡非睡挨到日没，坐起来，心神恍惚，呆呆地直坐到古祭坛上落满黑暗然后再渐渐浮起月光，心里才有点儿明白：母亲不能再来这园中找我了。

曾有过好多回，我在这园子里待得太久了，母亲就来找我。她来找我又不想让我发觉，只要见我还好好地在这园子里，她就悄悄转身回去；我看见过几次她的背影。我也看过见几回她四处张望的情景，她视力不好，托着眼镜像在寻找海上的一条船；她没看见我时我已经看见她了，待我看见她也看见我了我就不去看她，过一会儿我再抬头看她就又看见她缓缓离去的背影。我单是无法知道有多少回她没有找到我。有一回我坐在矮树丛中，树丛很密，我看见她没有找到我，她一个人在园子里走，走过我的身旁，走过我经常待的一些地方，步履茫然又急迫。我不知道她已经找了多久还要找多久，我不知道为什么我决意不喊她——但这绝不是小时候的捉迷藏，这也许是出于长大了的男孩子的倔强或羞涩？但这倔强只留给我痛悔，丝毫也没有骄傲。我真想告诫所有长大了的男孩子，千万不要跟母亲来这套倔强，羞涩就更不必，我已经懂了可我已经来不及了。

儿子想使母亲骄傲，这心情毕竟是太真实了，以致使“想出名”这一声名狼藉的念头也多少改变了一点形象。这是个复杂的问题，且不去管它了罢。随着小说获奖的激动逐日暗淡，我开始相信，至少有一点我是想错了：我用纸笔在报刊上碰撞开的一条路，并不就是母亲盼望我找到的那条路。年年月月我都到这园子里来，年年月月我都要想母亲盼望我找到的那条路到底是什么。母亲生前没给我留下过什么隽永的哲言，或要我恪守的教诲，只是在她去世之后，她艰难的命运，坚忍的意志和毫不张扬的爱，随光阴流转，在我的印象中愈加鲜明深刻。

有一年，十月的风又翻动起安详的落叶，我在园中读书，听见两个散步的老人说："没想到这园子有这么大。"我放下书，想，这么大一座园子，要在其中找到她的儿子，母亲走过了多少焦灼的路。多年来我头一次意识到，这园中不单是处处都有过我的车辙，有过我的车辙的地方也都有过母亲的脚印。

三

如果以一天中的时间来对应四季，当然春天是早晨，夏天是中午，秋天是黄昏，冬天是夜晚。如果以乐器来对应四季，我想春天应该是小号，夏天是定音鼓，秋天是大提琴，冬天是圆号和长笛。要是以这园子里的声响来对应四季呢？那么，春天是祭坛上空漂浮着的鸽子的哨音，夏天是冗长的蝉歌和杨树叶子哗啦啦地对蝉歌的取笑，秋天是古殿檐头的风铃响，冬天是啄木鸟随意而空旷的啄木声。以园中的景物对应四季，春天是一径时而苍白时而黑润的小路，时而明朗时而阴晦的天上摇荡着串串杨花；夏天是一条条耀眼而灼人的石凳，或阴凉而爬满了青苔的石阶，阶下有果皮，阶上有半张被坐皱的报纸；秋天是一座青铜的大钟，在园子的西北角上曾丢弃着一座很大的铜钟，铜钟与这园子一般年纪，浑身挂满绿锈，文字已不清晰；冬天，是林中空地上几只羽毛蓬松的老麻雀。以心绪对应四季呢？春天是卧病的季节，否则人们不易发觉春天的残忍与渴望；夏天，情人们应该在这个季节里失恋，不然就似乎对不起爱情；秋天是从外面买一棵盆花回家的时候，把花搁在阔别了的家中，并且打开窗户把阳光也放进屋里，慢慢回忆慢慢整理一些发过霉的东西；冬天伴着火炉和书，一遍遍坚定不死的决心，写一些并不发出的信。还可以用艺术形式对应四季，这样春天就是一幅画，夏天是一部长篇小说，秋天是一首短歌或诗，冬天是一群雕塑。以梦呢？以梦对应四季呢？春天是树尖上的呼喊，夏天是呼喊中的细雨，秋天是细雨中的土地，冬天是干净的土地上一只孤零的烟斗。

因为这园子，我常感恩于自己的命运。

我甚至现在就能清楚地看见，一旦有一天我不得不长久地离开它，我会怎样想念它，我会怎样想念它并且梦见它，我会怎样因为不敢想念它而梦也梦不到它。

四

现在让我想想，十五年中坚持到这园子来的人都有谁呢？好像只剩了我和一对老人。

十五年前，这对老人还只能算是中年夫妇，我则货真价实还是个青年。他们总是在薄暮时分来园中散步，我不大弄得清他们是从哪边的园门进来，一般来说他们是逆时针绕这园子走。男人个子很高，肩宽腿长，走起路来目不斜视，胯以上直至脖颈挺直不动；他的妻子攀了他一条胳膊走，也不能使他的上身稍有松懈。女人个子却矮，也不算漂亮，我无端地相信她必出身于家道中衰的名门富族；她攀在丈夫胳膊上像个娇弱的孩子，她向四周观望似总含着恐惧，她轻声与丈夫谈话，见有人走近就立刻怯怯地收住话头。我有时因为他们而想起冉阿让与柯赛特，但这想法并不巩固，他们一望即知是老夫老妻。两个人的穿着都算得上考究，但由于时代的演进，他们的服饰又可以称为古朴了。他们和我一样，到这园子里来几乎是风雨无阻，不过他们比我守时。我什么时间都可能来，他们则一定是在暮色初临的时候。刮风时他们穿了米色风衣，下雨时他们打了黑色的雨伞，夏天他们的衬衫是白色的裤子是黑色的或米色的，冬天他们的呢子大衣又都是黑色的，想必他们只喜欢这三种颜色。他们逆时针绕这园子一周，然后离去。他们走过我身旁时只有男人的脚步响，女人像是贴在高大的丈夫身上跟着漂移。我相信他们一定对我有印象，但是我们没有说过话，我们互相都没有想要接近的表示。十五年中，他们或许注意到一个小伙子进入了中年，我则看着一对令人羡慕的中年情侣不觉中成了两个老人。

曾有过一个热爱唱歌的小伙子，他也是每天都到这园中来，来唱歌，唱了好多年，后来不见了。他的年纪与我相仿，他多半是早晨来，唱半小时或整整唱一个上午，估计在另外的时间里他还得上班。我们经常在祭坛东侧的小路上相遇，我知道他是到东南角的高墙下去唱歌，他一定猜想我去东北角的树林里做什么。我找到我的地方，抽几口烟，便听见他谨慎地整理歌喉了。他反反复复唱那么几首歌。“文化革命”没过去的时候，他唱“蓝蓝的天上白云飘，白云下面马儿跑……”我老也记不住这歌的名字。“文革”后，他唱《货郎与小姐》中那首最为流传的咏叹调：“卖布——卖布嘞，卖布——卖布嘞！”我记得这开头的一句他唱得很有声势，在早晨清澈的空气中，货郎跑遍园中的每一个角落去恭维小姐。“我交了好运气，我交了好运气，我为幸福唱歌曲……”然后他就一遍一遍地唱，不让货郎的激情稍减。依我听来，他的技术不算精到，在关键的地方常出差错，但他的嗓子是相当不坏的，而且唱一个上午也听不出一点疲惫。太阳也不疲惫，把大树的影子缩小成一团，把疏忽大意的蚯蚓晒干在小路上。将近中午，我们又在祭坛东侧相遇，他看一看我，我看一看他，他往北去，我往南去。日子久了，我感到我们都有结识的愿望，但似乎都不知如何开口，于是互相注视一下终又都移开目光擦身而过，这样的次数一多，便更不知如何开口了。终于有一天——一个丝毫没有特点的日子，我们互相点了一下头。他说：“你好。”我说：“你好。”他说：“回去啦？”我说：“是，你呢？”他说：“我也该回去了。”我们都放慢脚步（其实我是放慢车速），想再多说几句，但仍然是不知从何说起，这样我们就都走过了对方，又都扭转身子面向对方。他说：“那就再见吧。”我说：“好，再见。”便互相笑笑各走各的路了。

但是我们没有再见，那以后，园中再没了他的歌声，我才想到，那天他或许是有意与我道别的，也许他考上哪家专业的文工团或歌舞团了吧？真希望他如他歌里所唱的那样，交了好运气。

还有一些人，我还能想起一些常到这园子里来的人。有一个老头，算得一个真正的饮者；他在腰间挂一个扁瓷瓶，瓶里当然装满了酒，常来这园中消磨午后的时光。他在园中四处游逛，如果你不注意你会以为园中有好几个这样的老头，等你看过了他卓尔不群的饮酒情状，你就会相信这是个独一无二的老头。他的衣着过分随便，走路的姿态也不慎重，走上五六十米路便选定一处地方，一只脚踏在石凳上或土埂上或树墩上，解下腰间的酒瓶，解酒瓶的当儿眯起眼睛把一百八十度视角内的景物细细看一遭，然后以迅雷不及掩耳之势倒一大口酒入肚，把酒瓶摇一摇再挂向腰间，平心静气地想一会儿什么，便走下一个五六十米去。还有一个捕鸟的汉子，那岁月园中人少，鸟却多，他在西北角的树丛中拉一张网，鸟撞在上面，羽毛戗在网眼里便不能自拔。他单等一种过去很多而现在非常罕见的鸟，其他的鸟撞在网上他就把它们摘下来放掉，他说已经有好多年没等到那种罕见的鸟了，他说他再等一年看看到底还有没有那种鸟，结果他又等了好多年。早晨和傍晚，在这园子里可以看见一个中年女工程师，早晨她从北向南穿过这园子去上班，傍晚她从南向北穿过这园子回家。事实上我并不了解她的职业或者学历，但我以为她必是个学理工的知识分子，别样的人很难有她那般的素朴并优雅。当她在园中穿行的时刻，四周的树林也仿佛更加幽静，清淡的日光中竟似有悠远的琴声，比如说是那曲《献给艾丽丝》才好。我没有见过她的丈夫，没有见过那个幸运的男人是什么样子，我想象过却想象不出，后来忽然懂了想象不出才好，那个男人最好不要出现。她走出北门回家去，我竟有点儿担心，担心她会落入厨房，不过，也许她在厨房里劳作的情景更有另外的美吧，当然不能再是《献给艾丽丝》，是个什么曲子呢？还有一个人，是我的朋友，他是个最有天赋的长跑家，但他被埋没了。他因为在“文革”中出言不慎而坐了几年牢，出来后好不容易找了个拉板车的工作，样样待遇都不能与别人平等，苦闷极了便练习长跑。那时他总来这园子里跑，我用手表为他计时，他每跑一圈向我招一下手，我就记下一个时间。每次他要环绕这园子跑二十圈，大约两万米。他盼望以他的长跑成绩来获得政治上真正的解放，他以为记者的镜头和文字可以帮他做到这一点。第一年他在春节环城赛上跑了第十五名，他看见前十名的照片都挂在了长安街的新闻橱窗里，于是有了信心。第二年他跑了第四名，可是新闻橱窗里只挂了前三名的照片，他没灰心。第三年他跑了第七名，橱窗里挂前六名的照片，他有点儿怨自己。第四年他跑了第三名，橱窗里却只挂了第一名的照片。第五年他跑了第一名——他几乎绝望了，橱窗里只有一幅环城赛群众场面的照片。那些年我们俩常一起在这园子里待到天黑，开怀痛骂，骂完沉默着回家，分手时再互相叮嘱：先别去死，再试着活一活看。现在他已经不跑了，年岁太大了，跑不了那么快了。最后一次参加环城赛，他以三十八岁之龄又得了第一名并且破了纪录，有一位专业队的教练对他说：“我要是十年前发现你就好了。”他苦笑一下什么也没说，只在傍晚又来这园中找到我，把这事平静地向我叙说一遍。不见他已有好几年了，现在他和妻子和儿子住在很远的地方。

这些人现在都不到园子里来了，园子里差不多完全换了一批新人。十五年前的旧人，现在就剩我和那对老夫老妻了。有那么一段时间，这老夫老妻中的一个也忽然不来，薄暮时分唯男人独自来散步，步态也明显迟缓了许多，我悬心了很久，怕是那女人出了什么事。幸好过了一个冬天那女人又来了，两个人仍是逆时针绕着园子走，一长一短两个身影恰似钟表的两支指针；女人的头发白了很多，但依旧攀着丈夫的胳膊走得像个孩子。“攀”这个字用得不恰当了，或许可以用“挽”吧，不知有没有兼具这两个意思的字。

五

我也没有忘记一个孩子——一个漂亮而不幸的小姑娘。十五年前的那个下午，我第一次到这园子里来就看见了她，那时她大约三岁，蹲在斋宫西边的小路上捡树上掉落的“小灯笼”。那儿有几棵大栾树，春天开一簇簇细小而稠密的黄花，花落了便结出无数如同三片叶子合抱的小灯笼，小灯笼先是绿色，继而转白，再变黄，成熟了掉落得满地都是。小灯笼精巧得令人爱惜，成年人也不免捡了一个还要捡一个。小姑娘咿咿呀呀地跟自己说着话，一边捡小灯笼。她的嗓音很好，不是她那个年龄所常有的那般尖细，而是很圆润甚或是厚重，也许是因为那个下午园子里太安静了。我奇怪这么小的孩子怎么一个人跑来这园子里。我问她住在哪儿。她随手指一下，就喊她的哥哥，沿墙根一带的茂草之中便站起一个七八岁的男孩儿，朝我望望，看我不像坏人便对他的妹妹说“我在这儿呢”，又伏下身去；他在捉什么虫子。他捉到螳螂、蚂蚱、知了和蜻蜓，来取悦他的妹妹。有那么两三年，我经常在那几棵大栾树下见到他们，兄妹俩总是在一起玩儿，玩儿得和睦融洽，都渐渐长大了些。之后有很多年没见到他们。我想他们都在学校里吧，小姑娘也到了上学的年龄，必是告别了孩提时光，没有很多机会来这儿玩了。这事很正常，没理由太搁在心上，若不是有一年我又在园中见到他们，肯定就会慢慢把他们忘记。

那是个礼拜日的上午。那是个晴朗而令人心碎的上午。时隔多年，我竟发现那个漂亮的小姑娘原来是个弱智的孩子。我摇着车到那几棵大栾树下去，恰又是遍地落满了小灯笼的季节。当时我正为一篇小说的结尾所苦，既不知为什么要给它那样一个结尾，又不知何以忽然不想让它有那样一个结尾，于是从家里跑出来，想依靠着园中的镇静，看看是否应该把那篇小说放弃。我刚刚把车停下，就见前面不远处有几个人在戏耍一个少女，做出怪样子来吓她，又喊又笑地追逐她拦截她。少女在几棵大树间惊惶地东跑西躲，却不松手揪卷在怀里的裙裾，两条腿袒露着也似毫无察觉。我看出少女的智力是有些缺陷，却还没看出她是谁。我正要驱车上前为少女解围，就见远处飞快地骑车来了个小伙子，于是那几个戏耍少女的家伙望风而逃。小伙子把自行车支在少女近旁，怒目望着那几个四散逃窜的家伙，一声不吭喘着粗气，脸色如暴雨前的天空一样一会儿比一会儿苍白。这时我认出了他们，小伙子和少女就是当年那对小兄妹。我几乎是在心里惊叫了一声，或者是哀号。世上的事常常使上帝的居心变得可疑。小伙子向他的妹妹走去。少女松开了手，裙裾随之垂落下来，很多很多她捡的小灯笼便洒落一地，铺散在她脚下。她仍然算得漂亮，但双眸迟滞没有光彩。她呆呆地望着那群跑散的家伙，望着极目之处的空寂，凭她的智力绝不可能把这个世界想明白吧？大树下，破碎的阳光星星点点，风把遍地的小灯笼吹得滚动，仿佛喑哑地响着的无数小铃铛。哥哥把妹妹扶上自行车后座，带着她无言地回家去了。

无言是对的。要是上帝把漂亮和弱智这两样东西都给了这个小姑娘，就只有无言和回家去是对的。

谁又能把这世界想个明白呢？世上的很多事是不堪说的。你可以抱怨上帝何以要降诸多苦难给这人间，你也可以为消灭种种苦难而奋斗，并为此享有崇高与骄傲，但只要你再多想一步你就会坠入深深的迷茫了：假如世界上没有了苦难，世界还能够存在吗？要是没有愚钝，机智还有什么光荣呢？要是没了丑陋，漂亮又怎么维系自己的幸运？要是没有了恶劣和卑下，善良与高尚又将如何界定自己如何成为美德呢？要是没有了残疾，健全会否因其司空见惯而变得腻烦和乏味呢？我常梦想着在人间彻底消灭残疾，但可以相信，那时将由患病者代替残疾人去承担同样的苦难。如果能够把疾病也全数消灭，那么这份苦难又将由（比如说）相貌丑陋的人去承担了。就算我们连丑陋，连愚昧和卑鄙和一切我们所不喜欢的事物和行为，也都可以统统消灭掉，所有的人都一样健康、漂亮、聪慧、高尚，结果会怎样呢？怕是人间的剧目就全要收场了，一个失去差别的世界将是一潭死水，是一块没有感觉也没有肥力的沙漠。

看来差别永远是要有的。看来就只好接受苦难——人类的全部剧目需要它，存在的本身需要它。看来上帝又一次对了。

于是就有一个最令人绝望的结论等在这里：由谁去充任那些苦难的角色？又由谁去体现这世间的幸福、骄傲和欢乐？只好听凭偶然，是没有道理好讲的。

就命运而言，休论公道。

那么，一切不幸命运的救赎之路在哪里呢？

设若智慧或悟性可以引领我们去找到救赎之路，难道所有的人都能够获得这样的智慧和悟性吗？

我常以为是丑女造就了美人。我常以为是愚氓举出了智者。我常以为是懦夫衬照了英雄。我常以为是众生度化了佛祖。

六

设若有一位园神，他一定早已注意到了，这么多年我在这园里坐着，有时候是轻松快乐的，有时候是沉郁苦闷的，有时候优哉游哉，有时候恓惶落寞，有时候平静而且自信，有时候又软弱，又迷茫。其实总共只有三个问题交替着来骚扰我，来陪伴我。第一个是要不要去死？第二个是为什么活？第三个，我干吗要写作？

现在让我看看，它们迄今都是怎样编织在一起的吧。

你说，你看穿了死是一件无须乎着急去做的事，是一件无论怎样耽搁也不会错过的事，便决定活下去试试？是的，至少这是很关键的因素。为什么要活下去试试呢？好像仅仅是因为不甘心，机会难得，不试白不试，腿反正是完了，一切仿佛都要完了，但死神很守信用，试一试不会额外再有什么损失。说不定倒有额外的好处呢是不是？我说过，这一来我轻松多了，自由多了。为什么要写作呢？“作家”是两个被人看重的字，这谁都知道。为了让那个躲在园子深处坐轮椅的人，有朝一日在别人眼里也稍微有点儿光彩，在众人眼里也能有个位置，哪怕那时再去死呢也就多少说得过去了。开始的时候就是这样想，这不用保密。这些现在不用保密了。

我带着本子和笔，到园中找一个最不为人打扰的角落，偷偷地写。那个爱唱歌的小伙子在不远的地方一直唱。要是有人走过来，我就把本子合上把笔叼在嘴里。我怕写不成反落得尴尬。我很要面子。可是你写成了，而且发表了。人家说我写得还不坏，他们甚至说：真没想到你写得这么好。我心说你们没想到的事还多着呢。我确实有整整一宿高兴得没合眼。我很想让那个唱歌的小伙子知道，因为他的歌也毕竟是唱得不错。我告诉我的长跑家朋友的时候，那个中年女工程师正优雅地在园中穿行。长跑家很激动，他说好吧，我玩儿命跑，你玩儿命写。这一来你中了魔了，整天都在想哪一件事可以写，哪一个人可以让你写成小说。是中了魔了，我走到哪儿想到哪儿，在人山人海里只寻找小说，要是有一种小说试剂就好了，见人就滴两滴看他是不是一篇小说，要是有一种小说显影液就好了，把它泼满全世界看看都是哪儿有小说，中了魔了，那时我完全是为了写作活着。结果你又发表了几篇，并且出了一点小名，可这时你越来越感到恐慌。我忽然觉得自己活得像个人质，刚刚有点儿像个人了却又过了头，像个人质，被一个什么阴谋抓了来当人质，不定哪天就被处决，不定哪天就完蛋。你担心要不了多久你就会文思枯竭，那样你就又完了。凭什么我总能写出小说来呢？凭什么那些适合作小说的生活素材就总能送到一个截瘫者跟前来呢？人家满世界跑都有枯竭的危险，而我坐在这园子里凭什么可以一篇接一篇地写呢？你又想到死了。我想见好就收吧。当一名人质实在是太累了太紧张了，太朝不保夕了。我为写作而活下来，要是写作到底不是我应该干的事，我想，我再活下去是不是太冒傻气了？你这么想着你却还在绞尽脑汁地想写。我好歹又拧出点水来，从一条快要晒干的毛巾上。恐慌日甚一日，随时可能完蛋的感觉比完蛋本身可怕多了，所谓不怕贼偷就怕贼惦记，我想人不如死了好，不如不出生的好，不如压根儿没有这个世界的好。可你并没有去死。我又想到那是一件不必着急的事。可是不必着急的事并不证明是一件必要拖延的事呀！你总是决定活下来，这说明什么？是的，我还是想活。人为什么活着？因为人想活着，说到底是这么回事，人真正的名字叫作：欲望。可我不怕死，有时候我真的不怕死。有时候，——说对了。不怕死和想去死是两回事，有时候不怕死的人是有的，一生下来就不怕死的人是没有的。我有时候倒是怕活。可是怕活不等于不想活呀？可我为什么还想活呢？因为你还想得到点什么，你觉得你还是可以得到点什么的，比如说爱情，比如说价值感之类，人真正的名字叫欲望。这不对吗？我不该得到点什么吗？没说不该。可我为什么活得恐慌，就像个人质？后来你明白了，你明白你错了，活着不是为了写作，而写作是为了活着。你明白了这一点是在一个挺滑稽的时刻。那天你又说你不如死了好，你的一个朋友劝你：你不能死，你还得写呢，还有好多好作品等着你去写呢。这时候你忽然明白了，你说：只是因为我活着，我才不得不写作。或者说只是因为你还想活下去，你才不得不写作。是的，这样说过之后我竟然不那么恐慌了。就像你看穿了死之后所得的那份轻松？一个人质报复一场阴谋的最有效的办法是把自己杀死。我看出我得先把我杀死在市场上，那样我就不用参加抢购题材的风潮了。你还写吗？还写。你真的不得不写吗？人都忍不住要为生存找一些牢靠的理由。你不担心你会枯竭了？我不知道，不过我想，活着的问题在死之前是完不了的。

这下好了，您不再恐慌了不再是个人质了，您自由了。算了吧你，我怎么可能自由呢？别忘了人真正的名字是：欲望。所以您得知道，消灭恐慌的最有效的办法就是消灭欲望。可是我还知道，消灭人性的最有效的办法也是消灭欲望。那么，是消灭欲望同时也消灭恐慌呢，还是保留欲望同时也保留人性？

我在这园子里坐着，我听见园神告诉我：每一个有激情的演员都难免是一个人质。每一个懂得欣赏的观众都巧妙地粉碎了一场阴谋。每一个乏味的演员都是因为他老以为这戏剧与自己无关。每一个倒霉的观众都是因为他总是坐得离舞台太近了。

我在这园子里坐着，园神成年累月地对我说：孩子，这不是别的，这是你的罪孽和福祉。

七

要是有些事我没说，地坛，你别以为是我忘了，我什么也没忘，但是有些事只适合收藏。不能说，也不能想，却又不能忘。它们不能变成语言，它们无法变成语言，一旦变成语言就不再是它们了。它们是一片朦胧的温馨与寂寥，是一片成熟的希望与绝望，它们的领地只有两处：心与坟墓。比如说邮票，有些是用于寄信的，有些仅仅是为了收藏。

如今我摇着车在这园子里慢慢走，常常有一种感觉，觉得我一个人跑出来已经玩得太久了。有一天我整理我的旧相册，看见一张十几年前我在这园子里照的照片——那个年轻人坐在轮椅上，背后是一棵老柏树，再远处就是那座古祭坛。我便到园子里去找那棵树。我按着照片上的背景找很快就找到了它，按着照片上它枝干的形状找，肯定那就是它。但是它已经死了，而且在它身上缠绕着一条碗口粗的藤萝。我当然记得园工们种那棵藤萝时的情景，我却不记得是在什么时候它已经长到了碗口粗。有一天我在这园子里碰见一个老太太，她说："哟，你还在这儿哪？"她问我："你母亲还好吗？""您是谁？""你不记得我，我可记得你。有一回你母亲来这儿找你，她问我您看没看见一个摇轮椅的孩子？……"我忽然觉得，我一个人跑到这世界上来玩儿真是玩儿得太久了。有一天夜晚，我独自坐在祭坛边的路灯下看书，忽然从那漆黑的祭坛里传出一阵阵唢呐声。四周都是参天古树，方形的祭坛占地几百平米空旷坦荡独对苍天，我看不见那个吹唢呐的人，唯唢呐声在星光寥寥的夜空里低吟高唱，时而悲怆时而欢快，时而缠绵时而苍凉，或许这几个词都不足以形容它，我清清醒醒地听出它响在过去，响在现在，响在未来，回旋飘转亘古不散。

必有一天，我会听见喊我回去。

那时您可以想象一个孩子，他玩儿累了可他还没玩儿够呢，心里好些新奇的念头甚至等不及到明天。也可以想象是一个老人，无可置疑地走向他的安息地，走得任劳任怨。还可以想象一对热恋中的情人，互相一次次说“我一刻也不想离开你”，又互相一次次说“时间已经不早了”，时间不早了可我一刻也不想离开你，一刻也不想离开你可时间毕竟是不早了。

我说不好我想不想回去。我说不好是想还是不想，还是无所谓。我说不好我是像那个孩子，还是像那个老人，还是像一个热恋中的情人。很可能是这样：我同时是他们三个。我来的时候是个孩子，他有那么多孩子气的念头所以才哭着喊着闹着要来，他一来一见到这个世界便立刻成了不要命的情人，而对一个情人来说，不管多么漫长的时光也是稍纵即逝，那时他便明白，每一步每一步，其实一步步都是走在回去的路上。当牵牛花初开的时节，葬礼的号角就已吹响。

但是太阳，他每时每刻都是夕阳也都是旭日。当他熄灭着走下山去收尽苍凉残照之际，正是他在另一面燃烧着爬上山巅布散烈烈朝晖之时。有一天，我也将沉静着走下山去，扶着我的拐杖。那一天，在某一处山洼里，势必会跑上来一个欢蹦的孩子，抱着他的玩具。

当然，那不是我。

但是，那不是我吗？

宇宙以其不息的欲望将一个歌舞炼为永恒。这欲望有怎样一个人间的姓名，大可忽略不计。

写于一九八九年五月五日

修改于一九九〇年一月七日

我二十一岁那年

友谊医院神经内科病房有十二间病室，除去1号2号，其余十间我都住过。当然，绝不为此骄傲。即便多么骄傲的人，据我所见，一躺上病床也都谦恭。1号和2号是病危室，是一步登天的地方，上帝认为我住那儿为时尚早。

十九年前，父亲搀扶着我第一次走进那病房。那时我还能走，走得艰难，走得让人伤心就是了。当时我有过一个决心：要么好，要么死，一定不再这样走出来。

正是晌午，病房里除了病人的微鼾，便是护士们轻极了的脚步，满目洁白，阳光中飘浮着药水的味道，如同信徒走进了庙宇，我感觉到了希望。一位女大夫把我引进10号病室。她贴近我的耳朵轻轻柔柔地问：“午饭吃了没？”我说：“您说我的病还能好吗？”她笑了笑。记不得她怎样回答了，单记得她说了一句什么之后，父亲的愁眉也略略地舒展。女大夫步履轻盈地走后，我永远留住了一个偏见：女人是最应该当大夫的，白大褂是她们最优雅的服装。

那天恰是我二十一岁生日的第二天。我对医学对命运都还未及了解，不知道病出在脊髓上将是一件多么麻烦的事。我舒心地躺下来睡了个好觉。心想：十天，一个月，好吧就算是三个月，然后我就又能是原来的样子了。和我一起插队的同学来看我时，也都这样想；他们给我带来很多书。

10号有六个床位。我是6床。5床是个农民，他天天都盼着出院。“光房钱一天就一块一毛五，你算算得啦，”5床说，“死呗可值得了这么些？”3床就说：“得了嘿，你有完没完！死死死，数你悲观。”4床是个老头说：“别价别价，咱毛主席有话啦——既来之，则安之。”农民便带笑地把目光转向我，却是对他们说：“敢情你们都有公费医疗。”他知道我还在与贫下中农相结合。1床不说话，1床一旦说话即可出院。2床像是个有些来头的人，举手投足之间便赢得大伙儿的敬畏。2床幸福地把一切名词都忘了，包括忘了自己的姓名。2床讲话时，所有名词都以“这个”“那个”代替，因而讲到一些轰轰烈烈的事迹却听不出是谁人所为。4床说：“这多好，不得罪人。”

我不搭茬儿。刚有的一点舒心顷刻全光。一天一块多房钱都要从父母的工资里出，一天好几块的药钱、饭钱都要从父母的工资里出，何况为了给我治病家中早已是负债累累了。我马上就想那农民之所想了：什么时候才能出院呢？我赶紧松开拳头让自己放明白点：这是在医院不是在家里，这儿没人会容忍我发脾气，而且砸坏了什么还不是得用父母的工资去赔？所幸身边有书，想来想去只好一头埋进书里去，好吧好吧，就算是三个月！我平白地相信这样一个期限。

可是三个月后我不仅没能出院，病反而更厉害了。

那时我和2床一起住到了7号。2床果然不同寻常，是位局长，11级干部，但还是多了一级，非10级以上者无缘去住高干病房的单间。7号是这普通病房中唯一仅设两张病床的房间，最接近单间，故一向由最接近10级的人去住。据说刚有个13级从这儿出去。2床搬来名正言顺。我呢？护士长说是“这孩子爱读书”，让我帮助2床把名词重新记起来。“你看他连自己是谁都闹不清了。”护士长说。但2床却因此越来越让人喜欢，因为“局长”也是名词也在被忘之列，我们之间的关系日益平等、融洽。有一天他问我：“你是干什么的？”我说：“插队的。”2床说他的“那个”也是，两个“那个”都是，他在高出他半个头的地方比画一下：“就是那两个，我自己养的。”“您是说您的两个儿子？”他说对，儿子。他说好哇，革命嘛就不能怕苦，就是要去结合。他说：“我们当初也是从那儿出来的嘛。”我说：“农村？”“对对对。什么？”“农村。”“对对对农村。别忘本呀！”我说是。我说：“您的家乡是哪儿？”他于是抱着头想好久。这一回我也没办法提醒他。最后他骂一句，不想了，说：“我也放过那玩意儿。”他在头顶上伸直两个手指。“是牛吗？”他摇摇头，手往低处一压。“羊？”“对了，羊。我放过羊。”他躺下，双手垫在脑后，甜甜蜜蜜地望着天花板老半天不言语。大夫说他这病叫作“角回综合征，命名性失语”，并不影响其他记忆，尤其是遥远的往事更都记得清楚。我想局长到底是局长，比我会得病。他忽然又坐起来：“我的那个，喂，小什么来？”“小儿子？”“对！”他怒气冲冲地跳到地上，说："那个小玩意儿。"说："他要去结合，我说好嘛我支持。"说："他来信要钱，说要办个这个。"他指了指周围，我想"那个小玩意儿"可能是要办个医疗站。他说："好嘛，要多少？我给。可那个小玩意儿！"他背着手气哼哼地来回走，然后停住，两手一摊，"可他又要在那儿结婚！""在农村？""对，农村。""跟农民？""跟农民。"无论是根据我当时的思想觉悟，还是根据报纸电台当时的宣传倡导，这都是值得肃然起敬的。"扎根派。"我钦佩地说。他说，"可你还要不要回来吗？"这下我有点儿发蒙。见我愣着，他又一跺脚，补充道："可你还要不要革命？！"这下我懂了，先不管革命是什么，2床的坦诚都令人欣慰。

不必去操心那些玄妙的逻辑了。整个冬天就快过去，我反倒拄着拐杖都走不到院子里去了，双腿日甚一日地麻木，肌肉无可遏止地萎缩，这才是需要发愁的。

我能住到7号来，事实上是因为大夫护士们都同情我。因为我还这么年轻，因为我是自费医疗，因为大夫护士都已经明白我这病的前景极为不妙，还因为我爱读书——在那个"知识越多越反动"的年代，大夫护士们尤为喜爱一个爱读书的孩子。他们都还把我当孩子。他们的孩子有不少也在插队。护士长好几次在我母亲面前夸我，最后总是说："唉，这孩子……"这一声叹，暴露了当代医学的爱莫能助。他们没有别的办法帮助我，只能让我住得好一点，安静些，读读书吧——他们可能是想，说不定书中能有"这孩子"一条路。

可我已经没了读书的兴致。整日躺在床上，听各种脚步从门外走过；希望他们停下来，推门进来，又希望他们千万别停，走过去走你们的路去别来烦我。心里荒荒凉凉地祈祷：上帝如果你不收我回去，就把能走路的腿也给我留下！我确曾在没人的时候双手合十，出声地向神灵许过愿。多年以后才听一位无名的哲人说过：危卧病榻，难有无神论者。如今来想，有神无神并不值得争论，但在命运的混沌之点，人自然会忽略着科学，向虚冥之中寄托一份虔敬的祈盼。正如迄今人类最美好的向往也都没有实际的验证，但那向往并不因此消灭。

主管大夫每天来查房，每天都在我的床前停留得最久："好吧，别急。"按规矩主任每星期查一次房，可是几位主任时常都来看看我："感觉怎么样？嗯，一定别着急。"有那么些天全科的大夫都来看我，八小时以内或以外，单独来或结队来，检查一番各抒主张，然后都对我说："别着急，好吗？千万别急。"从他们谨慎的言谈中我渐渐明白了一件事：我这病要是因为一个肿瘤的捣鬼，把它找出来切下去随便扔到一个垃圾桶里，我就还能直立行走，否则我多半就是把祖先数百万年进化而来的这一优势给弄丢了。

窗外的小花园里已是桃红柳绿，二十二个春天没有哪一个像这样让人心抖。我已经不敢去羡慕那些在花丛树行间漫步的健康人和在小路上打羽毛球的年轻人。我记得我久久地看过一个身着病服的老人，在草地上踱着方步晒太阳——只要这样我想只要这样！只要能这样就行了就够了！我回忆脚踩在软软的草地上是什么感觉，想走到哪儿就走到哪儿是什么感觉，踢一颗路边的石子，踢着它走是什么感觉。没这样回忆过的人不会相信，那竟是回忆不出来的！老人走后我仍呆望着那块草地，阳光在那儿慢慢地淡薄，脱离，凝作一缕孤哀凄寂的红光一步步爬上墙，爬上楼顶……我写下一句歪诗：轻拨小窗看春色，漏入人间一斜阳。日后我摇着轮椅特意去看过那块草地，并从那儿张望7号窗口，猜想那玻璃后面现在住的谁？上帝打算为他挑选什么前程，当然，上帝用不着征求他的意见。

我乞求上帝不过是在和我开着一个临时的玩笑——在我的脊椎里装进了一个良性的瘤子。对对，它可以长在椎管内，但必须要长在软膜外，那样才能把它剥离而不损坏那条珍贵的脊髓。“对不对，大夫？”“谁告诉你的？”“对不对吧？”大夫说：“不过，看来不太像肿瘤。”我用目光在所有的地方写下“上帝保佑”，我想，或许把这四个字写到千遍万遍就会赢得上帝的怜悯，让它是个瘤子，一个善意的瘤子。要么干脆是个恶毒的瘤子，能要命的那一种，那也行。总归得是瘤子，上帝！

朋友送了我一包莲子，无聊时我捡几颗泡在瓶子里，想，赌不赌一个愿？——要是它们能发芽，我的病就不过是个瘤子。但我战战兢兢地一直没敢赌。谁料几天后莲子竟都发芽。我想好吧我赌！我想其实我压根儿是倾向于赌的。我想倾向于赌事实上就等于是赌了。我想现在我还敢赌——它们一定能长出叶子！（这是明摆着的。）我每天给它们换水，早晨把它们移到窗台西边，下午再把它们挪到东边，让它们总在阳光里；为此我抓住床栏走，扶住窗台走，几米路我走得大汗淋漓。这事我不说，没人知道。不久，它们长出一片片圆圆的叶子来。“圆”，又是好兆。我更加周到地侍候它们，坐回到床上气喘吁吁地望着它们，夜里醒来在月光中也看看它们：好了，我要转运了。并且忽然注意到“莲”与“怜”谐音，毕恭毕敬地想：上帝终于要对我发发慈悲了吧？这些事我不说没人知道。叶子长出了瓶口，闲人要去摸，我不让，他们硬是摸了呢，我便在心里加倍地祈祷几回。这些事我不说，现在也没人知道。然而科学胜利了，它三番五次地说那儿没有瘤子，没有没有。果然，上帝直接在那条娇嫩的脊髓上做了手脚！定案之日，我像个冤判的屈鬼那样疯狂地作乱，挣扎着站起来，心想干吗不能跑一回给那个没良心的上帝瞧瞧？后果很简单，如果你没摔死你必会明白：确实，你干不过上帝。

我终日躺在床上一言不发，心里先是完全的空白，随后由着一个死字去填满。王主任来了。（那个老太太，我永远忘不了她。还有张护士长。八年以后和十七年以后，我有两次真的病到了死神门口，全靠这两位老太太又把我抢下来。）我面向墙躺着，王主任坐在我身后许久不说什么，然后说了，话并不多，大意是：还是看看书吧，你不是爱看书吗？人活一天就不要白活。将来你工作了，忙得一点时间都没有，你会后悔这段时光就让它这么白白地过去了。这些话当然并不能打消我的死念，但这些话我将受用终生，在以后的若干年里我频繁地对死神抱有过热情，但在未死之前我一直记得王主任这些话，因而还是去做些事。使我没有去死的原因很多（我在另外的文章里写过），“人活一天就不要白活”亦为其一，慢慢地去做些事于是慢慢地有了活的兴致和价值感。有一年我去医院看她，把我写的书送给她，她已是满头白发了，退休了，但照常在医院里从早忙到晚。我看着她想，这老太太当年必是心里有数，知道我还不至去死，所以她单给我指一条活着的路。可是我不知道当年我搬离7号后，是谁最先在那儿发现过一团电线，并对此做过什么推想？那是个秘密，现在也不必说。假定我那时真的去死了呢？我想找一天去问问王主任。我想，她可能会说“真要去死那谁也管不了”，可能会说“要是你找不到活着的价值，迟早还是想死”，可能会说“想一想死倒也不是坏事，想明白了倒活得更自由”，可能会说“不，我看得出来，你那时离死神还远着呢，因为你有那么多好朋友”。

友谊医院——这名字叫得好。“同仁”“协和”“博爱”“济慈”，这样的名字也不错，但或稍嫌冷静，或略显张扬，都不如“友谊”听着那么平易、亲近。也许是我的偏见。二十一岁末尾，双腿彻底背叛了我，我没死，全靠着友谊。还在乡下插队的同学不断写信来，软硬兼施劝骂并举，以期激起我活下去的勇气；已转回北京的同学每逢探视日必来看我，甚至非探视日他们也能进来。“怎进来的你们？”“咳，闭上一只眼睛想一会儿就进来了。”这群插过队的，当年可以凭一张站台票走南闯北，甭担心还有他们走不通的路。那时我搬到了加号。加号原本不是病房，里面有个小楼梯间，楼梯间弃置不用了，余下的地方仅够放一张床，虽然窄小得像一节烟筒，但毕竟是单间，光景固不可比10级，却又非11级可比。这又是大夫护士们的一番苦心，见我的朋友太多，都是少男少女难免说笑得不管不顾，既不能影响了别人又不可剥夺了我的快乐，于是给了我10.5级的待遇。加号的窗口朝向大街，我的床紧挨着窗，在那儿我度过了二十一岁中最惬意的时光。每天上午我就坐在窗前清清静静地读书，很多名著我都是在那时读到的，也开始像模像样地学着外语。一过中午，我便直着眼睛朝大街上眺望，尤其注目骑车的年轻人和5路汽车的车站，盼着朋友们来。有那么一阵子我暂时忽略了死神。朋友们来了，带书来，带外面的消息来，带安慰和欢乐来，带新朋友来，新朋友又带新的朋友来，然后都成了老朋友。以后的多少年里，友谊一直就这样在我身边扩展，在我心里深厚。把加号的门关紧，我们自由地嬉笑怒骂，毫无顾忌地议论世界上所有的事，高兴了还可以轻声地唱点什么——陕北民歌，或插队知青自己的歌。晚上朋友们走了，在小台灯幽寂而又喧嚣的光线里，我开始想写点什么，那便是我创作欲望最初的萌生。我一时忘记了死，还因为什么？还因为爱情的影子在隐约地晃动。那影子将长久地在我心里晃动，给未来的日子带来幸福也带来痛苦，尤其带来激情，把一个绝望的生命引领出死谷。无论是幸福还是痛苦，都会成为永远的珍藏和神圣的纪念。

二十一岁、二十九岁、三十八岁，我三进三出友谊医院，我没死，全靠了友谊。后两次不是我想去勾结死神，而是死神对我有了兴趣；我高烧到四十多度，朋友们把我抬到友谊医院，内科说没有护理截瘫病人的经验，柏大夫就去找来王主任，找来张护士长，于是我又住进神内病房。尤其是二十九岁那次，高烧不退，整天昏睡、呕吐，差不多三个月不敢闻饭味，光用血管去喝葡萄糖，血压也不安定，先是低压升到一百二十接着高压又降到六十，大夫们一度担心我活不过那年冬天了——肾，好像是接近完蛋的模样，治疗手段又像是接近于无了。我的同学找柏大夫商量，他们又一起去找唐大夫：要不要把这事告诉我父亲？他们决定：不。告诉他，他还不是白着急？然后他们分了工：死的事由我那同学和柏大夫管，等我死了由他们去向我父亲解释；活着的我由唐大夫多多关照。唐大夫说："好，我以教学的理由留他在这儿，他活一天就还要想一天办法。"真是人不当死鬼神奈何其不得，冬天一过我又活了，看样子极可能活到下一个世纪去。唐大夫就是当年把我接进10号的那个女大夫，就是那个步履轻盈温文尔雅的女大夫，但八年过去她已是两鬓如霜了。又过了九年，我第三次住院时唐大夫已经不在。听说我又来了，科里的老大夫、老护士们都来看我，问候我，夸我的小说写得还不错，跟我叙叙家常，唯唐大夫不能来了。我知道她不能来了，她不在了。我曾摇着轮椅去给她送过一个小花圈，大家都说：她是累死的，她肯定是累死的！我永远记得她把我迎进病房的那个中午，她贴近我的耳边轻轻柔柔地问："午饭吃了没？"倏忽之间，怎么，她已经不在了？她不过才五十出头。这事真让人哑口无言，总觉得不大说得通，肯定是谁把逻辑摆弄错了。

但愿柏大夫这一代的命运会好些。实际只是当着众多病人时我才叫她柏大夫。平时我叫她"小柏"，她叫我"小史"。她开玩笑时自称是我的"私人保健医"，不过这不像玩笑这很近实情。近两年我叫她"老柏"她叫我"老史"了。十九年前的深秋，病房里新来了个卫生员，梳着短辫儿，戴一条长围巾穿一双黑灯芯绒鞋，虽是一口地道的北京城里话，却满身满脸的乡土气尚未退尽。"你也是插队的？"

我问她。“你也是？”听得出来，她早已知道了。“你哪届？”“老初二，你呢？”“我六八，老初一。你哪儿？”“陕北。你哪儿？”“我内蒙古。”这就行了，全明白了，这样的招呼是我们这代人的专利，这样的问答立刻把我们拉近。我料定，几十年后这样的对话仍会在一些白发苍苍的人中间流行，仍是他们之间最亲切的问候和最有效的沟通方式；后世的语言学者会煞费苦心地对此做一番考证，正儿八经地写一篇论文去得一个学位。而我们这代人是怎样得一个学位的呢？十四五岁停学，十七八岁下乡，若干年后回城，得一个最被轻视的工作，但在农村待过了还有什么工作不能干的呢？同时学心不死业余苦读，好不容易上了个大学，毕业之后又被轻视——因为真不巧你是个“工农兵学员”，你又得设法摘掉这个帽子，考试考试考试这代人可真没少考试，然后用你加倍的努力让老的少的都服气，用你的实际水平和能力让人们相信你配得上那个学位——比如说，这就是我们这代人得一个学位的典型途径。这还不是最坎坷的途径。“小柏”变成“老柏”，那个卫生员成为柏大夫，大致就是这么个途径，我知道，因为我们已是多年的朋友。她的丈夫大体上也是这么走过来的，我们都是朋友了；连她的儿子也叫我“老史”。闲下来细细去品，这个“老史”最令人羡慕的地方，便是一向活在友谊中。真说不定，这与我二十一岁那年恰恰住进了“友谊”医院有关。

因此偶尔有人说我是活在世外桃源，语气中不免流露了一点讥讽，仿佛这全是出于我的自娱甚至自欺。我颇不以为然。我既非活在世外桃源，也从不相信有什么世外桃源。但我相信世间桃源，世间确有此源，如果没有恐怕谁也就不想再活。倘此源有时弱小下去，依我看，至少讥讽并不能使其强大。千万年来它作为现实，更作为信念，这才不断。它源于心中再流入心中，它施于心又由于心，这才不断。欲其强大，舍心之虔诚又向何求呢？

也有人说我是不是一直活在童话里？语气中既有赞许又有告诫。赞许并且告诫，这很让我信服。赞许既在，告诫并不意指人们之间应该加固一条防线，而只是提醒我：童话的缺憾不在于它太美，而在于它必要走进一个更为纷繁而且严酷的世界，那时只怕它太娇嫩。

事实上在二十一岁那年，上帝已经这样提醒我了，他早已把他的超级童话和永恒的谜语向我略露端倪。

住在4号时，我见过一个男孩。他那年七岁，家住偏僻的山村，有一天传说公路要修到他家门前了，孩子们都翘首以待好梦联翩。公路终于修到，汽车终于开来，乍见汽车，孩子们惊讶兼着胆怯，远远地看。日子一长孩子便有奇想，发现扒住卡车的尾巴可以威风凛凛地兜风，他们背着父母玩儿得好快活。可是有一次，只一次，这七岁的男孩失手从车上摔了下来。他住进医院时已经不能跑，四肢肌肉都在萎缩。病房里很寂寞，孩子一瘸一瘸地到处串；淘得过分了，病友们就说他："你说说你是怎么伤的？"孩子立刻低了头，老老实实地一动不动。"说呀？""说，因为什么？"孩子嗫嚅着。"喂，怎么不说呀？给忘啦？""因为扒汽车。"孩子低声说。"因为淘气。"孩子补充道。他在诚心诚意地承认错误。大家都沉默，除了他自己谁都知道：这孩子伤在脊髓上，那样的伤是不可逆的。孩子仍不敢动，规规矩矩地站着用一双正在萎缩的小手擦眼泪。终于会有人先开口，语调变得哀柔："下次还淘不淘了？"孩子很熟悉这样的宽容或原谅，马上使劲摇头："不，不，不了！"同时松了一口气。但这一回不同以往，怎么没有人接着向他允诺"好啦，只要改了就还是好孩子"呢？他睁大眼睛去看每一个大人，那意思是：还不行吗？再不淘气了还不行吗？他不知道，他还不懂，命运中有一种错误是只能犯一次的，并没有改正的机会；命运中有一种并非是错误的错误（比如淘气，是什么错误呢？），但这却是不被原谅的。那孩子小名叫"五蛋"，我记得他，那时他才七岁，他不知道，他还不懂。未来，他势必有一天会知道，可他势必有一天就会懂吗？但无论如何，那一天就是一个童话的结尾。在所有童话的结尾处，让我们这样理解吧：上帝为了锤炼生命，将布设下一个残酷的谜语。

住在6号时，我见过有一对恋人。那时他们正是我现在的年纪，四十岁。他们是大学同学。男的二十四岁时本来就要出国留学，日期已定，行装都备好了，可命运无常，不知因为什么屁大的一点事不得不拖延一个月，偏就在这一个月里因为一次医疗事故他瘫痪了。女的对他一往情深，等着他，先是等着他病好，没等到；然后还等着他，等着他同意跟她结婚，还是没等到。外界的和内心的阻力重重，一年一年，男的既盼着她来又说服着她走。但一年一年，病也难逃爱也难逃，女的就这么一直等着。有一次她狠了狠心，调离北京到外地去工作了，但是斩断感情却不这么简单，而且再想调回北京也不这么简单，女的只要有三天假期也迢迢千里地往北京跑。男的那时病更重了，全身都不能动了，和我同住一个病室。女的走后，男的对我说过：你要是爱她，你就不能害她，除非你不爱她，可那你又为什么要结婚呢？男的睡着了，女的对我说过：我知道他这是爱我，可他不明白其实这是害我，我真想一走了事，我试过，不行，我知道我没法儿不爱他。女的走了男的又对我说过：不不，她还年轻，她还有机会，她得结婚，她这人不能没有爱。男的睡了女的又对我说过：可什么是机会呢？机会不在外边而在心里，结婚的机会有可能在外边，可爱情的机会只能在心里。女的不在时，我把她的话告诉男的，男的默然垂泪。我问他："你干吗不能跟她结婚呢？"他说："这你还不懂。"他说："这很难说得清，因为你活在整个这个世界上。"他说："所以，有时候这不是光由两个人就能决定的。"我那时确实还不懂。我找到机会又问女的："为什么不是两个人就能决定的？"她说："不，我不这么认为。"她说："不过确实，有时候这确实很难。"她沉吟良久，说："真的，跟你说你现在也不懂。"十九年过去了，那对恋人现在该已经都是老人。我不知道现在他们各自在哪儿，我只听说他们后来还是分手了。十九年中，我自己也有过爱情的经历了，现在要是有个二十一岁的人问我爱情都是什么，大概我也只能回答：真的，这可能从来就不是能说得清的。无论她是什么，她都很少属于语言，而是全部属于心的。还是那位台湾作家三毛说得对：爱如禅，不能说不能说，一说就错。那也是在一个童话的结尾处，上帝为我们能够永远地追寻着活下去，而设置的一个残酷却诱人的谜语。

二十一岁过去，我被朋友们抬着出了医院，这是我走进医院时怎么也没料到的。我没有死，也再不能走，对未来怀着希望也怀着恐惧。在以后的年月里，还将有很多我料想不到的事发生，我仍旧有时候默念着“上帝保佑”而陷入茫然。但是有一天我认识了神，他有一个更为具体的名字——精神。在科学的迷茫之处，在命运的混沌之点，人唯有乞灵于自己的精神。不管我们信仰什么，都是我们自己的精神的描述和引导。

一九九〇年十二月七日

秋天的怀念

双腿瘫痪后，我的脾气变得暴怒无常。望着望着天上北归的雁阵，我会突然把面前的玻璃砸碎；听着听着李谷一甜美的歌声，我会猛地把手边的东西摔向四周的墙壁。母亲就悄悄地躲出去，在我看不见的地方偷偷地听着我的动静。当一切恢复沉寂，她又悄悄地进来，眼边红红的，看着我。“听说北海的花儿都开了，我推着你去走走。”她总是这么说。母亲喜欢花，可自从我的腿瘫痪后，她侍弄的那些花都死了。“不，我不去！”我狠命地捶打这两条可恨的腿，喊着，“我可活什么劲！”母亲扑过来抓住我的手，忍住哭声说：“咱娘儿俩在一块儿，好好儿活，好好儿活……”

可我却一直都不知道，她的病已经到了那步田地。后来妹妹告诉我，她常常肝疼得整宿整宿翻来覆去地睡不了觉。

那天我又独自坐在屋里，看着窗外的树叶“唰唰啦啦”地飘落。母亲进来了，挡在窗前：“北海的菊花开了，我推着你去看看吧。”她憔悴的脸上现出央求般的神色。“什么时候？”“你要是愿意，就明天？”她说。我的回答已经让她喜出望外了。“好吧，就明天。”我说。她高兴得一会儿坐下，一会儿站起：“那就赶紧准备准备。”“唉呀，烦不烦？几步路，有什么好准备的！”她也笑了，坐在我身边，絮絮叨叨地说着：“看完菊花，咱们就去‘仿膳’，你小时候最爱吃那儿的豌豆黄儿。还记得那回我带你去北海吗？你偏说那杨树花是毛毛虫，跑着，一脚踩扁一个……”她忽然不说了。对于“跑”和“踩”一类的字眼儿，她比我还敏感。她又悄悄地出去了。

她出去了，就再也没回来。

邻居们把她抬上车时，她还在大口大口地吐着鲜血。我没想到她已经病成那样。看着三轮车远去，也绝没有想到那竟是永远的诀别。

邻居的小伙子背着我去看她的时候，她正艰难地呼吸着，像她那一生艰难的生活。别人告诉我，她昏迷前的最后一句话是：“我那个有病的儿子和我那个还未成年的女儿……”

又是秋天，妹妹推我去北海看了菊花。黄色的花淡雅，白色的花高洁，紫红色的花热烈而深沉，泼泼洒洒，秋风中正开得烂漫。我懂得母亲没有说完的话。妹妹也懂。我俩在一块儿，要好好儿活……

一九八一年

合欢树

十岁那年，我在一次作文比赛中得了第一。母亲那时候还年轻，急着跟我说她自己，说她小时候的作文做得还要好，老师甚至不相信那么好的文章会是她写的，“老师找到家来问，是不是家里的大人帮了忙。我那时可能还不到十岁呢。”我听得扫兴，故意笑：“可能？什么叫可能还不到？”她就解释。我装作根本不再注意她的话，对着墙打乒乓球，把她气得够呛。不过我承认她聪明，承认她是世界上长得最好看的女的。她正给自己做一条蓝底白花的裙子。

二十岁，我的两条腿残废了。除去给人家画彩蛋，我想我还应该再干点别的事，先后改变了几次主意，最后想学写作。母亲那时已不年轻，为了我的腿，她头上开始有了白发。医院已经明确表示，我的病目前没办法治。母亲的全副心思却还放在给我治病上，到处找大夫，打听偏方，花很多钱。她倒总能找来些稀奇古怪的药，让我吃，让我喝，或者是洗、敷、熏、灸。“别浪费时间啦！根本没用！”我说。我一心只想着写小说，仿佛那东西能把残疾人救出困境。“再试一回，不试你怎么知道有用没用？”她说，每一回都虔诚地抱着希望。然而对我的腿，有多少回希望就有多少回失望。最后一回，我的胯上被熏成烫伤。医院的大夫说，这实在太悬了，对于瘫痪病人，这差不多是要命的事。我倒没太害怕，心想死了也好，死了倒痛快。母亲惊惶了几个月，昼夜守着我，一换药就说：“怎么会烫了呢？我还直留神呀！”幸亏伤口好起来，不然她非疯了不可。

后来她发现我在写小说。她跟我说：“那就好好写吧。”我听出来，她对治好我的腿也终于绝望。“我年轻的时候也最喜欢文学。”她说。“跟你现在差不多大的时候，我也想过搞写作。”她说。“你小时候的作文不是得过第一？”她提醒我说。我们俩都尽力把我的腿忘掉。她到处去给我借书，顶着雨或冒了雪推我去看电影，像过去给我找大夫、打听偏方那样，抱了希望。

三十岁时，我的第一篇小说发表了，母亲却已不在人世。过了几年，我的另一篇小说又侥幸获奖，母亲已经离开我整整七年。

获奖之后，登门采访的记者就多。大家都好心好意，认为我不容易。但是我只准备了一套话，说来说去就觉得心烦。我摇着车躲出去。坐在小公园安静的树林里，我闭上眼睛，想：上帝为什么早早地召母亲回去呢？很久很久，迷迷糊糊地，我听见回答：“她心里太苦了。上帝看她受不住了，就召她回去。”我似乎得到一点安慰，睁开眼睛，看见风正在从树林里吹过。

我摇车离开那儿，在街上瞎逛，不想回家。

母亲去世后，我们搬了家。我很少再到母亲住过的那个小院儿去。小院儿在一个大院儿的尽里头，我偶尔摇车到大院儿去坐坐，但不愿意去那个小院儿，推说手摇车进去不方便。院儿里的老太太们还都把我当儿孙看，尤其想到我又没了母亲，但都不说，光扯些闲话，怪我不常去。我坐在院子当中，喝东家的茶，吃西家的瓜。有一年，人们终于又提到母亲：“到小院儿去看看吧，你妈种的那棵合欢树今年开花了！”我心里一阵抖，还是推说手摇车进出太不易。大伙儿就不再说，忙扯些别的，说起我们原来住的房子里现在住了小两口儿，女的刚生了个儿子，孩子不哭不闹，光是瞪着眼睛看窗户上的树影儿。

我没料到那棵树还活着。那年，母亲到劳动局去给我找工作，回来时在路边挖了一棵刚出土的“含羞草”。以为是含羞草，种在花盆里长，竟是一棵合欢树。母亲从来喜欢那些东西，但当时心思全在别处。第二年合欢树没有发芽，母亲叹息了一回，还不舍得扔掉，依然让它长在瓦盆里。第三年，合欢树却又长出叶子，而且茂盛了。母亲高兴了很多天，以为那是个好兆头，常去侍弄它，不敢再大意。又过一年，她把合欢树移出盆，栽在窗前的地上，有时念叨，不知道这种树几年才开花。再过一年，我们搬了家，悲痛弄得我们都把那棵小树忘记了。

与其在街上瞎逛，我想，不如就去看看那棵树吧。我也想再看看母亲住过的那间房。我老记着，那儿还有个刚来到世上的孩子，不哭不闹，瞪着眼睛看树影儿。是那棵合欢树的影子吗？小院儿里只有那棵树。

院儿里的老太太们还是那么欢迎我，东屋倒茶，西屋点烟，送到我眼前。大伙儿都不知道我获奖的事，也许知道，但不觉得那很重要；还是都问我的腿，问我是否有了正式工作。这回，想摇车进小院儿真是不能了。家家门前的小厨房都扩大，过道儿窄到一个人推自行车进出也要侧身。我问起那棵合欢树。大伙儿说，年年都开花，长到房高了。这么说，我再看不见它了。我要是求人背我去看，倒也不是不行。我挺后悔前两年没有自己摇车进去看看。

我摇着车在街上慢慢走，不急着回家。人有时候只想独自静静地待一会儿。悲伤也成享受。

有一天那个孩子长大了，会想起童年的事，会想起那些晃动的树影儿，会想起他自己的妈妈。他会跑去看看那棵树。但他不会知道那棵树是谁种的，是怎么种的。

一九八五年

我的轮椅

坐轮椅竟已坐到了第三十三个年头，用过的轮椅也近两位数了，这实在是件没想到的事。一九八〇年秋天，“肾衰”初发，我问过柏大夫：“敝人刑期尚余几何？”她说：“阁下争取再活十年。”都是玩笑的口吻，但都明白这不是玩笑——问答就此打住，急忙转移了话题，便是证明。十年，如今已然大大超额了。

那时还不能预见到透析的未来。那时的北京城仅限三环路以内。

那时大导演田壮壮正忙于毕业作品，一干年轻人马加一个秃顶的林洪桐老师，选中了拙作《我们的角落》，要把它拍成电视剧。某日躺在病房，只见他们推来一辆崭新的手摇车，要换我那辆旧的，说是把这辆旧的开进电视剧那才真实。手摇车，轮椅之一种，结构近似三轮摩托，唯动力是靠手摇。一样的东西，换成新的，明显值得再活十年。只可惜，出院时新的又换回成旧的，那时的拍摄经费比不得现在。

不过呢，还是旧的好，那是我的二十位同学和朋友的合资馈赠。

其实是二十位母亲的心血——儿女们都还在插队，哪儿来的钱？那轮椅我用了很多年，摇着它去街道工厂干活儿，去地坛里读书，去“知青办”申请正式工作，在大街小巷里风驰或鼠窜，到城郊的旷野上看日落星出……摇进过深夜，也摇进过黎明，以及摇进过爱情但很快又摇出来。

一九七九年春节，摇着它，柳青骑车助我一臂之力，乘一路北风，我们去《春雨》编辑部参加了一回作家们的聚会。在那儿，我的写作头一回得到认可。那是座古旧的小楼，又窄又陡的木楼梯踩上去“咚咚”作响，一代青年作家们喊着号子把我连人带车抬上了二楼。“斯是陋室”——脱了漆的木地板，受过潮的木墙围，几盏老式吊灯尚存几分贵族味道……大家或坐或站，一起吃饺子，读作品，高谈阔论或大放厥词，真正是一个激情燃烧的年代。

所以，这轮椅殊不可以“断有情”，最终我把它送给了一位更不容易的残哥们儿。其时我已收获几笔稿酬，买了一辆更利远行的电动三轮车。

这电动三轮利于远行不假，也利于把人撂在半道儿。有两回，都是去赴苏炜家的聚会，走到半道儿，一回是链子断了，一回是轮胎扎了。那年代又没有手机，愣愣地坐着想了半晌，只好侧弯下身子去转动车轮，左轮转累了换只手再转右轮。回程时有了救兵，一次是陈建功，一次是郑万隆，骑车推着我走，到家已然半夜。

链子和轮胎的毛病自然好办，机电部分有了问题麻烦就大。幸有三位行家做我的专职维护，先是瑞虎，后是老鄂和徐杰。瑞虎出国走了，后二位接替上。直到现在，我座下这辆电动轮椅——此物之妙随后我会说到——出了毛病，也还是他们三位的事；瑞虎在国外找零件，老鄂和徐杰在国内施工，通过卫星或经由一条海底电缆，配合得无懈可击。

两腿初废时，我曾暗下决心：这辈子就在屋里看书，哪儿也不去了。可等到有一天，家人劝说着把我抬进院子，一见那青天朗照、杨柳和风，决心即刻动摇。又有同学和朋友们常来看我，带来那一个大世界里的种种消息，心就越发地活了，设想着，在那久别的世界里摇着轮椅走一走大约也算不得什么丑事。于是有了平生的第一辆轮椅。那是邻居朱二哥的设计。父亲捧了图纸，满城里跑着找人制作，跑了好些天，才有一家“黑白铁加工部”肯于接受。用材是两个自行车轮、两个万向轮并数根废弃的铁窗框。母亲为它缝制了坐垫和靠背。后又求人在其两侧装上支架，撑起一面木板，书桌、饭桌乃至吧台就都齐备。倒不单是图省钱，现在怕是没人会相信了，那年代连个像样的轮椅都没处买；偶见“医疗用品商店”里有一款，其昂贵与笨重都可谓无比。

我在一篇题为《看电影》的散文中，也说到过这辆轮椅：

> 一夜大雪未停，事先已探知手摇车不准入场（电影院），母亲便推着那辆自制的轮椅送我去……雪花纷纷地还在飞舞，在昏黄的路灯下仿佛一群飞蛾。路上的雪冻成了一道道冰凌子，母亲推得沉重，但母亲心里快乐……母亲

知道我正打算写点什么，又知道我跟长影的一位导演有着通信，所以她觉得推我去看这电影是非常必要的，是件大事。怎样的大事呢？我们一起在那条快乐的雪路上跋涉时，谁也没有把握，唯朦胧地都怀着希望。

那一辆自制的轮椅，寄托了二老多少心愿！但是下一辆真正的轮椅来了，母亲却没能看到。

下一辆是丑小鸭杂志社送的，一辆正规并且做工精美的轮椅，全身的不锈钢，可折叠，可拆卸，两侧扶手下各有一金色的“福”字。

除了这辆轮椅，还有一件也是我多么希望母亲看见的事，她却没能看见：一九八三年，我的小说得了全国奖。

得了奖，像是有了点儿资本，这年夏天我被邀请参加了《丑小鸭》的“青岛笔会”。双腿瘫痪后，我才记起了立哲曾教我的“不要脸精神”，大意是：想干事你就别太要面子，就算不懂装懂，哥们儿你也得往行家堆儿里凑。立哲说这话时，我们都还在陕北，十八九岁。“文革”闹得我们都只上到初中，正是靠了此一“不要脸精神”，赤脚医生孙立哲的医道才得突飞猛进，在陕北的窑洞里做了不知多少手术，被全国顶尖的外科专家叹为奇迹。于是乎我便也给自己立个法：不管多么厚脸皮，也要多往作家堆儿里凑。幸而除了两腿不仁不义，其余的器官都还按部就班，便一闭眼，拖累着大伙儿去了趟青岛。

参照以往的经验，我执意要连人带那辆手摇车一起上行李厢，理由是下了火车不也得靠它？其时全中国的出租车也未必能超过百辆。树生兄便一路陪伴。谁料此一回完全不似以往（上一次是去北戴河，下了火车由甘铁生骑车推我到宾馆），行李厢内货品拥塞，密不透风，树生心脏本已脆弱，只好于一路挥汗谈笑之间频频吞服“速效救心”。

回程时我也怕了，托运了轮椅，随众人去坐硬座。进站口在车头，我们的车厢在车尾；身高马大的树纲兄背了我走，先还听他不紧不慢地安慰我，后便只闻其风箱也似的粗喘。待找到座位，偌大一个刘树纲竟似只剩下了一张煞白的脸。

《丑小鸭》不知现在还有没有？那辆“福”字牌轮椅，理应归功其首任社长胡石英。见我那手摇车抬上抬下着实不便，他自言自语道：“有没有更轻便一点的？也许我们能送他一辆。”瞌睡中的刘树生急忙弄醒自己，接过话头儿：“行啊，这事儿交给我啦，你只管报销就是。”胡石英欲言又止——那得多少钱呀，他心里也没底。那时铁良还在医疗设备厂工作，说正有一批中外合资的轮椅在试生产，好是好，就是贵。树生又是那句话：“行啊，这事儿交给我啦，你去买来就是。”买来了，四百九十五块，八三年呀！据说胡社长盯着发票不断地咋舌。

这辆“福”字牌轮椅，开启了我走南闯北的历史。其实是众人推着、背着、抬着我，去看中国。先是北京作协的一群哥们儿送我回了趟陕北，见了久别的“清平湾”。后又有洪峰接我去长春领了个奖；父亲年轻时在东北林区待了好些年，所以沿途的大地名听着都耳熟。马原总想把我弄到西藏去看看，我说：下了飞机就有火葬场吗？吓得他只好请我去了趟沈阳。王安忆和姚育明推着我逛淮海路，是在一九八八年，那时她们还不知道，所谓“给我妹妹挑件羊毛衫”其实是借口，那时我又一次摇进了爱情，并且至今没再摇出来。少功、建功还有何立伟等等一大群人，更是把我抬上了南海舰队的鱼雷快艇。仅于近海小试风浪，已然触到了大海的威猛——那波涛看似柔软，一旦颠簸其间，竟是石头般的坚硬。又跟着郑义兄走了一回五台山，在“佛母洞”前汽车失控，就要撞下山崖时被一块巨石挡住。大家都说“这车上必有福将”，我心说是我呀，没见轮椅上那个“福”字？1996年迈平请我去斯德哥尔摩开会，算是头一回见了外国。飞机缓缓降落时，我心里油然地冒出句挺有学问的话：这世界上果真是有外国呀！转年立哲又带我走了差不多半个美国，那时双肾已然怠工，我一路挣扎着看：大沙漠、大峡谷、大瀑布、大赌城……立哲是学医的，笑嘻嘻地闻一闻我的尿说：“不要紧，味儿挺大，还能排毒。”其实他心里全明白。他所以急着请我去，就是怕我一旦透析就去不成了。他的哲学一向是：命，干吗用的？单是为了活着？

说起那辆“福”字轮椅就要想起的那些人呢？如今都老了，有的已经过世。大伙儿推着、抬着、背着我走南闯北的日子，都是回忆了。这辆轮椅，仍然是不可“断有情”的印证。我说过，我的生命密码根本是两条：残疾与爱情。

如今我也是年近花甲了，手摇车是早就摇不动了，透析之后连一般的轮椅也用着吃力。上帝见我需要，就又把一种电动轮椅舶来眼前，临时寄存在王府井的医疗用品商店。妻子逛街时看见了，标价三万五。她找到代理商，砍价，不知跑了多少趟。两万九？两万七？两万六，不能再低啦小姐。好吧好吧，希米小姐偷着笑：你就是一分不降我也是要买的！这东西有趣，狗见了转着圈儿地冲它喊，孩子见了总要问身边的大人：它怎么自己会走呢？据说狗的智力相当于四五岁的孩子，它们都还不能把这椅子看成是一辆车。这东西才真正是给了我自由：居家可以乱窜，出门可以独自疯跑，跳舞也行，打球也行，给条坡道就能上山。舞我是从来不会跳。球呢，现在也打不好了，再说也没对手——会的嫌我烦，不会的我烦他。不过呢，时隔三十几年我居然上了山——昆明湖畔的万寿山。

谁能想到我又上了山呢！

谁能相信，是我自己爬上了山的呢！

坐在山上，看山下的路，看那浩瀚并喧嚣着的城市，想起梵·高给提奥的信中有这样的话："我是地球上的陌生人，(这儿)隐藏了对我的很多要求"，"实际上我们穿越大地，我们只是经历生活"，"我们从遥远的地方来，到遥远的地方去……我们是地球上的朝拜者和陌生人"。

坐在山上，看远处天边的风起云涌，心里有了一句诗：嗨，希米，希米/我怕我是走错了地方呢/谁想却碰见了你！——若把梵·高的那些话加在后面，差不多就是一首完整的诗了。

坐在山上，眺望地坛的方向，想那园子里"有过我的车辙的地方也都有过母亲的脚印"；想那些个"又是雾罩的清晨，又是骄阳高悬的白昼……”想那些个“在老柏树旁停下，在草地上在颓墙边停下，又是处处虫鸣的午后，又是鸟儿归巢的傍晚……”想我曾经的那些个想：“我用纸笔在报刊上碰撞开的一条路，并不就是母亲盼望我找到的那条路……母亲盼望我找到的那条路到底是什么？”

有个回答突然跳来眼前：扶轮问路。是呀，这五十七年我都干了些什么？——扶轮问路，扶轮问路啊！但这不仅仅是说，有个叫史铁生的家伙，扶着轮椅，在这颗星球上询问过究竟。也不只是说，史铁生——这一处陌生的地方，如今我已经弄懂了他多少；而是说，譬如“法轮常转”，那“轮”与“转”明明是指示着一条无限的路途——无限的悲怆与“有情”，无限的蛮荒与惊醒……以及靠着无限的思问与祈告，去应和那存在之轮的无限之转！尼采说“要爱命运”。爱命运才是至爱的境界。“爱命运”即是爱上帝——上帝创造了无限种命运，要是你碰上的这一种不可心，你就恨他吗？“爱命运”也是爱众生——设若那一种不可心的命运轮在了别人，你就会松一口气怎的？而梵·高所说的“经历生活”，分明是在暗示：此一处陌生的地方，不过是心魂之旅中的一处景观、一次际遇，未来的路途一样还是无限之问。

二〇〇七年十一月二十日

墙下短记

一些当时看去不太要紧的事却能长久扎根在记忆里。它们一向都在那儿安睡，偶尔醒一下，睁眼看看，见你忙着（升迁或者遁世）就又睡去，很多年里它们轻得仿佛不在。千百次机缘错过，终于一天又看见它们，看见时光把很多所谓人生大事消磨殆尽，而它们坚定不移固守在那儿，沉沉地有了无比的重量。比如一张旧日的照片，拍时并不经意，随手放在哪儿，多年中甚至不记得有它，可忽然一天整理旧物时碰见了它，拂去尘埃，竟会感到那是你的由来也是你的投奔；而很多郑重其事的留影，却已忘记是在哪儿和为了什么。

近些年我常常想起一道墙，碎砖头垒的，风可以吹落砖缝间的细土。那道墙很长，至少在一个少年看来是很长，很长之后拐了弯儿，拐进一条更窄的小巷里去。小巷的拐角处有一盏街灯，紧挨着往前是一个院门，那里住过我少年时的一个同窗好友。叫他L吧。L和我能不能永远是好友，以及我们打完架后是否又言归于好，都不重要，重要的是我们一度形影不离，流动不居的生命有一段就由这友谊铺筑成。细密的小巷中，上学和放学的路上我们一起走，冬天和夏天，风声或蝉鸣，太阳到星空，十岁也许九岁的L曾对我说，他将来要娶班上一个（暂且叫她M的）女生做老婆。L转身问我：“你呢，想和谁？”我准备不及，想想，觉得M确是漂亮。L说他还要挣很多钱。“干吗？”“废话，那时你还花你爸的钱呀？”少年之间的情谊，想来莫过于我们那时的无猜无防了。

我曾把一件珍爱的东西送给L。一本连环画呢，还是一个什么玩具？已经记不清。可是有一天我们打了架，为什么打架也记不清了，但丝毫不忘的是：打完架，我又去找L要回了那件东西。

老实说，单我一个人是不敢去要的，或者也想不起去要。是几个当时也对L不大满意的伙伴指点我、怂恿我，拍着胸脯说他们甘愿随我一同前去讨还，再若犹豫就成了笨蛋兼而傻瓜。就去了。走过那道很长很熟悉的墙，夕阳正在上面灿烂地照耀，但在我的记忆里，走到L家的院门时，巷角的街灯已经昏黄地亮了。这只可理解为记忆在作怪。

站在那门前，我有点儿害怕，身旁的伙伴便极尽动员和鼓励，提醒我：倘调头撤退，其可卑甚至超过投降。我不能推卸罪责给别人：跟L打架后，我为什么要把送给L东西的事告诉别人呢？指点和怂恿都因此发生。我走进院中去喊L，L出来，听我说明来意，愣着看一会儿我，让我到大门外等着。L背着他的母亲，从屋里拿出那件东西交在我手里，不说什么，就又走回屋去。结束总是非常简单，咔嚓一下就都过去。

我和几个同来的伙伴在巷角的街灯下分手，各自回家。他们看看我手上那件东西，好歹说一句“给他干吗”，声调和表情都失去来时的热度，失望甚或沮丧料想都不由于那件东西。

我贴近墙根独自往回走，那墙很长，很长而且荒凉，记忆在这儿又出了差误，好像还是街灯未亮、迎面的行人眉目不清的时候。晚风轻柔得让人无可抱怨，但魂魄仿佛被它吹离，飘起在黄昏中再消失进那道墙里去。捡根树枝，边走边在那墙上轻划，砖缝间的细土一股股地垂流……咔嚓一下所送走的，都扎根进记忆去酿制未来的问题。

那很可能是我对于墙的第一种印象。

随之，另一些墙也从睡中醒来。

几年前，有一天傍晚“散步”，我摇着轮椅走进童年时常于其间玩耍的一片胡同。其实一向都离它们不远，屡屡在其周围走过，匆忙得来不及进去看望。

记得那儿曾有一面红砖短墙，墙头插满锋利的碎玻璃碴儿，我们一群八九岁的孩子总去搅扰墙里那户人家的安宁，攀上一棵小树，扒着墙沿央告人家把我们的足球扔出来。那面墙应该说藏得很是隐蔽，在一条死巷里，但可惜那巷口的宽度很适合做我们的球门，巷口外的一片空地是我们的球场。球难免是要踢向球门的，倘临门一脚踢飞，十之八九便降落到那面墙里去。墙里是一户善良人家，飞来物在我们的央告下最多被扣压十分钟。但有一次，那足球学着篮球的样子准确投入墙内的面锅，待一群孩子又爬上小树去看时，雪白的面条热气腾腾全滚在煤灰里。正是所谓“三年困难时期”，足球事小，我们趁暮色抱头鼠窜。好几天后，我们由家长带领，以封闭“球场”为代价换回了那只足球。

条条小巷依旧，或者是更旧了。可能正是“国庆”期间，家家门上都插了国旗。变化不多，唯独那“球场”早被压在一家饭馆和一座公厕下面。“球门”对着饭馆的后墙，那户善良人家料必是安全得多了。

我摇着轮椅走街串巷，闲度国庆之夜。忽然又一面青灰色的墙叫我怦然心动，我知道，再往前去就是我的幼儿园了。青灰色的墙很高，里面有更高的树，树顶上曾有鸟窝，现在没了。到幼儿园去必要经过这墙下，一俟见了这面高墙，退步回家的希望即告断灭。那青灰色几近一种严酷的信号，令童年分泌恐怖。

这样的“条件反射”确立于一个盛夏的午后，所以记得清楚，是因为那时的蝉鸣最为浩大。那个下午母亲要出长差，到很远的地方去。我最高的希望是她不去出差，最低的希望是我可以不去幼儿园，在家，不离开奶奶。但两份提案均遭否决，据哭力争亦不奏效。如今想来，母亲是要在远行之前给我立下严明的纪律。哭声不停，母亲无奈说带我出去走走。“不去幼儿园！”出门时我再次申明立场。母亲领我在街上走，沿途买些好吃的东西给我，形势虽然可疑，但看看走了这么久又不像是去幼儿园的路，牵着母亲的长裙心里略略地松坦。可是！好吃的东西刚在嘴里有了味道，迎头又来了那面青灰色高墙，才知道条条小路相通。虽立刻大哭，料已无济于事。但一迈进幼儿园的门槛，哭喊即自行停止，心里明白没了依靠，唯规规矩矩做个好孩子是得救的方略。幼儿园墙内，是必度的一种“灾难”，抑或只因为这一个孩子天生地怯懦和多愁。

三年前我搬了家，隔窗相望就是一所幼儿园，常在清晨的懒睡中就听见孩子进园前的嘶嚎。我特意去那园门前看过，抗拒进园的孩子其壮烈都像宁死不屈，但一落入园墙便立刻吞下哭声，恐惧变成冤屈，泪眼望天，抱紧着对晚霞的期待。不见得有谁比我更能理解他们，但早早地对墙有一点感受，不是坏事。

我最记得母亲消失在那面青灰色高墙里的情景。她当然是绕过那面墙走上了远途的，但在我的印象里，她是走进那面墙里去了。没有门，但是母亲走进去了，在那些高高的树上蝉鸣浩大，在那些高高的树下母亲的身影很小，在我的恐惧里那儿即是远方。

坐在窗前，看远近峭壁一般林立的高墙和矮墙。我现在有很多时间看它们。有人的地方一定有墙。我们都在墙里。没有多少事可以放心到光天化日下去做。规规整整的高楼叫人想起图书馆的目录柜，只有上帝可以去拉开每一个小抽屉，查阅亿万种心灵秘史，看见破墙而出的梦想都在墙的封护中徘徊。还有死神按期来到，伸手进去，抓阄儿似的摸走几个。

我们有时千里迢迢——汽车呀、火车呀、飞机可别一头栽下来呀——只像是为了去找一处不见墙的地方：荒原、大海、林莽甚至沙漠。但未必就能逃脱。墙永久地在你心里，构筑恐惧，也牵动思念。一只“飞去来器”，从墙出发，又回到墙。你千里迢迢地去时，鲁宾逊正千里迢迢地回来。

哲学家先说是劳动创造了人，现在又说是语言创造了人。墙是否创造了人呢？语言和墙有着根本的相似：开不尽的门前是撞不尽的墙壁。结构呀、解构呀、后什么什么主义呀……啦啦啦，啦啦啦……游戏的热情永不可少，但我们仍在四壁的围阻中。把所有的墙都拆掉就不行吗？我坐在窗前用很多时间去幻想一种魔法。比如“啦啦啦，啦啦啦……”很灵验地念上一段咒语，唰啦一下墙都不见。怎样呢？料必大家一齐慌作一团（就像热油淋在蚁穴），上哪儿的不知道要上哪儿了，干吗的忘记要干吗了，漫山遍野地捕食去和睡觉去吗？毕竟又嫌趣味不够，然后大家埋头细想，还是要砌墙。砌墙盖房，不单为避风雨，因为大家都有些秘密，其次当然还有一些钱财。秘密，不信你去慢慢推想，它是趣味的爹娘。

其实秘密就已经是墙了。肚皮和眼皮都是墙，假笑和伪哭都是墙，只因这样的墙嫌软嫌累，要弄些坚实耐久的来加密。就算这心灵之墙可以轻易拆除，但山和水都是墙，天和地都是墙，时间和空间都是墙，命运是无穷的限制，上帝的秘密是不尽的墙。真要把这秘密之墙也都拆除，虽然很像似由来已久的理想接近了实现，但是等着瞧吧，满地球都怕要因为失去趣味而响起昏昏欲睡的鼾声，梦话亦不知从何说起。

趣味是要紧而又要紧的。秘密要好好保存。

探秘的欲望终于要探到意义的墙下。

活得要有意义，这老生常谈倒是任什么主义也不能推翻。加上个“后”字也是白搭。比如爱情，她能被物欲拐走一时，但不信她能因此绝灭。“什么都没啥了不起”的日子是要到头的，“什么都不必介意”的舞步可能“潇洒”地跳去撞墙。撞墙不死，第二步就是抬头，那时见墙上有字，写着：哥们儿你要上哪儿呢，这到底是要干吗？于是躲也躲不开，意义找上了门，债主的风度。

意义的原因很可能是意义本身。干吗要有意义？干吗要有生命？干吗要有存在？干吗要有有？重量的原因是引力，引力的原因呢？又是重量。学物理的人告诉我：千万别把运动和能量，以及和时空分割开来理解。我随即得了启发：也千万别把人和意义分割开来理解。不是人有欲望，而是人即欲望。这欲望就是能量，是能量就是运动，是运动就走去前面或者未来。前面和未来都是什么和都是为什么？这必来的疑问使意义诞生，上帝便在第六天把人造成。上帝比靡非斯特更有力量，任何魔法和咒语都不能把这一天的成就删除。在这一天以后所有的光阴里，你逃得开某种意义，但逃不开意义，如同你逃得开一次旅行但逃不开生命之旅。

你不是这种意义，就是那种意义。什么意义都不是，就掉进昆德拉所说的“生命不能承受之轻”。你是一个什么呢？生命算是个什么玩意儿呢？轻得称不出一点重量你可就要消失。我向L讨回那件东西，归途中的惶茫因年幼而无以名状，如今想来，分明就是为了一个“轻”字：珍宝转眼被处理成垃圾，一段生命轻得飘散了，没有了，以为是什么原来什么也不是，轻易、简单，灰飞烟灭。一段生命之轻，威胁了生命全面之重，惶茫往灵魂里渗透：是不是生命的所有段落都会落此下场啊？人的根本恐惧就在这个“轻”字上，比如歧视和漠视，比如嘲笑，比如穷人手里作废的股票，比如失恋和死亡。轻，最是可怕。

要求意义就是要求生命的重量。各种重量。各种重量在撞墙之时被真正测量。但很多重量，在死神的秤盘上还是轻，秤砣平衡在荒诞的准星上。因而得有一种重量，你愿意为之生也愿意为之死，愿意为之累，愿意在它的引力下耗尽性命。不是强言不悔，是清醒地从命。神圣是上帝对心魂的测量，是心魂被确认的重量。死亡光临时有一个仪式，灰和土都好，看往日轻轻地蒸发，但能听见，有什么东西沉沉地还在。不期还在现实中，只望还在美丽的位置上。我与L的情谊，可否还在美丽的位置上沉沉地有着重量？

不要熄灭破墙而出的欲望，否则鼾声又起。

但要接受墙。

为了逃开墙，我曾走到过一面墙下。我家附近有一座荒废的古园，围墙残败但仍坚固，失魂落魄的那些岁月里我摇着轮椅走到它跟前。四处无人，寂静悠久，寂静的我和寂静的墙之间，膨胀和盛开着野花，膨胀和盛开着冤屈。我用拳头打墙，用石头砍它，对着它落泪、喃喃咒骂，但是它轻轻掉落一点灰尘再无所动。天不变道亦不变。老柏树千年一日伸展着枝叶，云在天上走，鸟在云里飞，风踏草丛，野草一代一代落子生根。我转而祈求墙，双手合十，创造一种祷词或谶语，出声地诵念，求它给我死，要么还给我能走的腿……睁开眼，伟大的墙还是伟大地矗立，墙下呆坐一个不被神明过问的人。空旷的夕阳走来园中，若是昏昏地睡去，梦里常掉进一眼枯井，井壁又高又滑，喊声在井里嗡嗡碰撞而已，没人能听见，井口上的风中也仍是寂静的冤屈。喊醒了，看看还是活着，喊声并没惊动谁，并不能惊动什么，墙上有青润的和干枯的苔藓，有蜘蛛细巧的网，死在半路的蜗牛身后拖一行鳞片似的脚印，有无名少年在那儿一遍遍记下的3.1415926……

在这墙下，某个冬夜，我见过一个老人。记忆和印象之间总要闹出一些麻烦：记忆说未必是在这墙下，但印象总是把记忆中的那个老人搬来，真切地在这墙下。雪后，月光朦胧，车轮吱吱叽叽轧着雪路，是园中唯一的声响。这么走着，听见一缕悠沉的箫声远远传来，在老柏树摇落的雪雾中似有似无，尚不能识别那曲调时已觉其悠沉之音恰好碰住我的心绪。侧耳屏息，听出是《苏武牧羊》。曲终，心里正有些凄怆，忽觉墙影里一动，才发现一个老人背壁盘腿端坐在石凳上，黑衣白发，有些玄虚。雪地和月光，安静得也似非凡。竹箫又响，还是那首流放绝地、哀而不死的咏颂。原来箫声并不传自远处，就在那老人唇边。也许是气力不济，也许是这古曲一路至今光阴坎坷，箫声若断若续并不高亢，老人颤颤的吐纳之声亦可悉闻。一曲又尽，老人把箫管轻横腿上，双手摊放膝头，看不清他是否闭目。我惊诧而至感激，一遍遍听那箫声和箫声断处的空寂，以为是天谕或是神来引领。

那夜的箫声和老人，多年在我心上，但猜不透其引领指向何处。仅仅让我活下去似乎用不着这样神秘。直到有一天我又跟那墙说话，才听出那夜箫声是唱着“接受”，接受天命的限制。（达摩的面壁是不是这样呢？）接受残缺。接受苦难。接受墙的存在。哭和喊都是要逃离它，怒和骂都是要逃离它，恭维和跪拜还是想逃离它。我常常去跟那墙谈话，对，说出声，默想不能逃离它时就出声地责问，也出声地请求、商量，所谓软硬兼施。但毫无作用，谈判必至破裂，我的一切条件它都不答应。墙，要你接受它，就这么一个意思反复申明，不卑不亢，直到你听见。直到你不是更多地问它，而是听它更多地问你，那谈话才称得上谈话。

我一直在写作，但一直觉得并不能写成什么，不管是作品还是作家还是主义。用笔和用电脑，都是对墙的谈话，是如衣食住行一样必做的事。搬家搬得终于离那座古园远了，不能随便就去，此前就料到会怎样想念它，不想最为思恋的竟是那四面矗立的围墙；年久无人过问，记得那墙头的残瓦间长大过几棵小树。但不管何时何地，一闭眼，即刻就到那墙下。寂静的墙和寂静的我之间，野花膨胀着花蕾，不尽的路途在不尽的墙间延展，有很多事要慢慢对它谈，随手记下谓之写作。

一九九四年九月五日

想念地坛

想念地坛，主要是想念它的安静。

坐在那园子里，坐在不管它的哪一个角落，任何地方，喧嚣都在远处。近旁只有荒藤老树，只有栖居了鸟儿的废殿颓檐、长满了野草的残墙断壁，暮鸦吵闹着归来，雨燕盘桓吟唱，风过檐铃，雨落空林，蜂飞蝶舞草动虫鸣……四季的歌咏此起彼伏从不间断。地坛的安静并非无声。

有一天大雾迷漫，世界缩小到只剩了园中的一棵老树。有一天春光浩荡，草地上的野花铺铺展展开得让人心惊。有一天漫天飞雪，园中堆银砌玉，有如一座晶莹的迷宫。有一天大雨滂沱，忽而云开，太阳轰轰烈烈，满天满地都是它的威光。数不尽的那些日子里，那些年月，地坛应该记得，有一个人，摇了轮椅，一次次走来，逃也似的投靠这一处静地。

一进园门，心便安稳。有一条界线似的，迈过它，只要一迈过它便有清纯之气扑来，悠远、浑厚。于是时间也似放慢了速度，就好比电影中的慢镜，人便不那么慌张了，可以放下心来把你的每一个动作都看看清楚，每一丝风飞叶动，每一缕愤懑和妄想、盼念与惶茫，总之把你所有的心绪都看看明白。

因而地坛的安静，也不是与世隔离。

那安静，如今想来，是由于四周和心中的荒旷。一个无措的灵魂，不期而至竟仿佛走回到生命的起点。

记得我在那园中成年累月地走，在那儿呆坐，张望，暗自地祈求或怨叹，在那儿睡了又醒，醒了看几页书……然后在那儿想："好吧好吧，我看你还能怎样！"这念头不觉出声，如空谷回音。

谁？谁还能怎样？我，我自己。

我常看那个轮椅上的人，和轮椅下他的影子，心说我怎么会是他呢？怎么会和他一块儿坐在了这儿？我仔细看他，看他究竟有什么倒霉的特点，或还将有什么不幸的征兆，想看看他终于怎样去死，赴死之途莫非还有绝路？那日何日？我记得忽然我有了一种放弃的心情，仿佛我已经消失，已经不在，唯一缕清魂在园中游荡，刹那间清风朗月，如沐慈悲。于是乎我听见了那恒久而辽阔的安静。恒久，辽阔，但非死寂，那中间确有如林语堂所说的，一种"温柔的声音，同时也是强迫的声音"。

我记得于是我铺开一张纸，觉得确乎有些什么东西最好是写下来。那日何日？但我一直记得那份忽临的轻松和快慰，也不考虑词句，也不过问技巧，也不以为能拿它去派什么用场，只是写，只是看有些路单靠腿（轮椅）去走明显是不够。写，真是个办法，是条条绝路之后的一条路。

只是多年以后我才在书上读到了一种说法：写作的零度。

《写作的零度》，其汉译本实在是有些磕磕绊绊，一些段落只好猜读，或难免还有误解。我不是学者，读不了罗兰·巴特的法文原著应当不算是玩忽职守。是这题目先就吸引了我，这五个字，已经契合了我的心意。在我想，写作的零度即生命的起点，写作由之出发的地方即生命之固有的疑难，写作之终于的寻求，即灵魂最初的眺望。譬如那一条蛇的诱惑，以及生命自古而今对意义不息的询问。譬如那两片无花果叶的遮蔽，以及人类以爱情的名义、自古而今的相互寻找。譬如上帝对亚当和夏娃的惩罚，以及万千心魂自古而今所祈盼着的团圆。

“写作的零度”，当然不是说清高到不必理睬纷繁的实际生活，洁癖到把变迁的历史虚无得干净，只在形而上寻求生命的解答。不是的。但生活的谜面变化多端，谜底却似亘古不变，缤纷错乱的现实之网终难免编织进四顾迷茫，从而编织到形而上的询问。人太容易在实际中走失，驻足于路上的奇观美景而忘了原本是要去哪儿，倘此时灵机一闪，笑遇荒诞，恍然间记起了比如说罗伯-格里耶的《去年在马里昂巴》，比如说贝克特的《等待戈多》，那便是回归了“零度”，重新过问生命的意义。零度，这个词用得真好，我愿意它不期然的还有着如下两种意思：一是说生命本无意义，零嘛，本来什么都没有；二是说，可平白无故的生命他来了，是何用意？虚位以待，来向你要求意义。一个生命的诞生，便是一次对意义的要求。荒诞感，正就是这样地要求。所以要看重荒诞，要善待它。不信等着瞧，无论何时何地，必都是荒诞领你回到最初的眺望，逼迫你去看那生命固有的疑难。

否则，写作，你寻的是什么根？倘只是炫耀祖宗的光荣，弃心魂一向的困惑于不问，岂不还是阿Q的传统？倘写作变成潇洒，变成了身份或地位的投资，它就不要嘲笑喧嚣，它已经加入喧嚣。尤其，写作要是爱上了比赛、擂台和排名榜，它就更何必谴责什么“霸权”？它自己已经是了。我大致看懂了排名的用意：时不时地抛出一份名单，把大家排比得就像是梁山泊的一百零八，被排者争风吃醋，排者乘机拿走的是权力。可以玩味的是，这排名之妙，商界倒比文坛还要醒悟得晚些。

这又让我想起我曾经写过的那个可怕的孩子。那个矮小瘦弱的孩子，他凭什么让人害怕？他有一种天赋的诡诈——只要把周围的孩子经常地排一排座次，他凭空地就有了权力。“我第一跟谁好，第二跟谁好……第十跟谁好”和“我不跟谁好”，于是，欢欣者欢欣地追随他，苦闷者苦闷着还是去追随他。我记得，那是我很长一段童年时光中恐惧的来源，是我的一次写作的零度。生命的恐惧或疑难，在原本干干净净的眺望中忽而向我要求着计谋；我记得我的第一个计谋，是阿谀。但恐惧并未因此消散，疑难却因此更加疑难。我还记得我抱着那只用于阿谀的破足球，抱着我破碎的计谋，在夕阳和晚风中回家的情景……那又是一次写作的零度。零度，并不只有一次。每当你立于生命固有的疑难，立于灵魂一向的祈盼，你就回到了零度。一次次回到那儿正如一次次走进地坛，一次次投靠安静，走回到生命的起点，重新看看，你到底是要去哪儿？是否已经偏离亚当和夏娃相互寻找的方向？

想念地坛，就是不断地回望零度。放弃强力，当然还有阿谀。现在可真是反了！——面要面霸，居要豪居，海鲜称帝，狗肉称王，人呢？名人，强人，人物。可你看地坛，它早已放弃昔日荣华，一天天在风雨中放弃，五百年，安静了；安静得草木葳蕤，生气盎然。土地，要你气熏烟蒸地去恭维它吗？万物，是你雕栏玉砌就可以挟持的？疯话。再看那些老柏树，历无数春秋寒暑依旧镇定自若，不为流光掠影所迷。我曾注意过它们的坚强，但在想念里，我看见万物的美德更在于柔弱。“坚强”，你想吧，希特勒也会赞成。世间的语汇，可有什么会是强梁所拒？只有“柔弱”。柔弱是爱者的独信。柔弱不是软弱，软弱通常都装扮得强大，走到台前骂人，退回幕后出汗。柔弱，是信者仰慕神恩的心情，静聆神命的姿态。想想看，倘那老柏树无风自摇岂不可怕？要是野草长得比树还高，八成是发生了核泄漏——听说切尔诺贝利附近有这现象。

我曾写过“设若有一位园神”这样的话，现在想，就是那些老柏树吧；千百年中，它们看风看雨，看日行月走人世更迭，浓荫中唯供奉了所有的记忆，随时提醒着你悠远的梦想。

但要是“爱”也喧嚣，“美”也招摇，“真诚”沦为一句时髦的广告，那怎么办？唯柔弱是爱愿的识别，正如放弃是喧嚣的解剂。人一活脱便要嚣张，天生的这么一种动物。这动物适合在地坛放养些时日——我是说当年的地坛。

回望地坛，回望它的安静，想念中坐在不管它的哪一个角落，重新铺开一张纸吧。写，真是个办法，油然地通向着安静。写，这形式，注定是个人的，容易撞见诚实，容易被诚实揪住不放，容易在市场之外遭遇心中的阴暗，在自以为是时回归零度。把一切污浊、畸形、歧路，重新放回到那儿去检查，勿使伪劣的心魂流布。

有人跟我说，曾去地坛找我，或看了那一篇《我与地坛》去那儿寻找安静。可一来呢，我搬家搬得离地坛远了，不常去了。二来我偶尔请朋友开车送我去看它，发现它早已面目全非。我想，那就不必再去地坛寻找安静，莫如在安静中寻找地坛。恰如庄生梦蝶，当年我在地坛里挥霍光阴，曾屡屡地有过怀疑：我在地坛吗？还是地坛在我？现在我看虚空中也有一条界线，靠想念去迈过它，只要一迈过它便有清纯之气扑面而来。我已不在地坛，地坛在我。

二〇〇二年五月十三日完成
二〇〇四年二月二十四日修订

第二章

轻轻地走与轻轻地来

轻轻地走与轻轻地来

现在我常有这样的感觉：死神就坐在门外的过道里，坐在幽暗处，凡人看不到的地方，一夜一夜耐心地等我。不知什么时候它就会站起来，对我说：嘿，走吧。我想那必是不由分说。但不管是什么时候，我想我大概仍会觉得有些仓促，但不会犹豫，不会拖延。

"轻轻的我走了，正如我轻轻的来"——我说过，徐志摩这句诗未必牵涉生死，但在我看，却是对生死最恰当的态度，作为墓志铭真是再好也没有。

死，从来不是一次性完成的。陈村有一回对我说：人是一点一点死去的，先是这儿，再是那儿，一步一步终于完成。他说得很平静，我漫不经心地附和，我们都已经活得不那么在意死了。

这就是说，我正在轻轻地走，灵魂正在离开这个残损不堪的躯壳，一步步告别着这个世界。这样的时候，不知别人会怎样想，我则尤其想起轻轻地来的神秘。比如想起清晨、晌午和傍晚变幻的阳光，想起一方蓝天，一个安静的小院，一团扑面而来的柔和的风，风中仿佛从来就有母亲和奶奶轻声的呼唤……不知道别人是否也会像我一样，由衷地惊讶：往日呢？往日的一切都到哪儿去了？

生命的开端最是玄妙，完全的无中生有。好没影儿的忽然你就进入了一种情况，一种情况引出另一种情况，顺理成章天衣无缝，一来二去便连接出一个现实世界。真的很像电影，虚无的银幕上，比如说忽然就有了一个蹲在草丛里玩耍的孩子，太阳照耀他，照耀着远山、近树和草丛中的一条小路。然后孩子玩腻了，沿小路蹒跚地往回走，于是又引出小路尽头的一座房子，门前正在张望他的母亲，埋头于烟斗或报纸的父亲，引出一个家，随后引出一个世界。孩子只是跟随这一系列情况走，有些一闪即逝，有些便成为不可更改的历史，以及不可更改的历史的原因。这样，终于有一天孩子会想起开端的玄妙：无缘无故，正如先哲所言——人是被抛到这个世界上来的。

其实，说“好没影儿的忽然你就进入了一种情况”和“人是被抛到这个世界上来的”，这两句话都有毛病，在“进入情况”之前并没有你，在“被抛到这世界上来”之前也无所谓人——不过这应该是哲学家的题目。

对我而言，开端，是北京的一个普通四合院。我站在炕上，扶着窗台，透过玻璃看它。屋里有些昏暗，窗外阳光明媚。近处是一排绿油油的榆树矮墙，越过榆树矮墙远处有两棵大枣树，枣树枯黑的枝条镶嵌进蓝天，枣树下是四周静静的窗廊。——与世界最初的相见就是这样，简单，但印象深刻。复杂的世界尚在远方，或者，它就蹲在那安恬的时间四周窃笑，看一个幼稚的生命慢慢睁开眼睛，萌生着欲望。

奶奶和母亲都说过：你就出生在那儿。

其实是出生在离那儿不远的一家医院。生我的时候天降大雪。一天一宿罕见的大雪，路都埋了，奶奶抱着为我准备的铺盖蹚着雪走到医院，走到产房的窗檐下，在那儿站了半宿，天快亮时才听见我轻轻地来了。母亲稍后才看见我来了。奶奶说，母亲为生了那么个丑东西伤心了好久，那时候母亲年轻又漂亮。这件事母亲后来闭口不谈，只说我来的时候“一层黑皮包着骨头”，她这样说的时候已经流露着欣慰，看我渐渐长得像回事了。但这一切都是真的吗？

我蹒跚地走出屋门，走进院子，一个真实的世界才开始提供凭证。太阳晒热的花草的气味，太阳晒热的砖石的气味，阳光在风中舞蹈、流动。青砖铺成的十字甬道连接起四面的房屋，把院子隔成四块均等的土地，两块上面各有一棵枣树，另两块种满了西番莲。西番莲顾自开着硕大的花朵，蜜蜂在层叠的花瓣中间钻进钻出，嗡嗡地开采。蝴蝶悠闲飘逸，飞来飞去，悄无声息仿佛幻影。枣树下落满移动的树影，落满细碎的枣花。青黄的枣花像一层粉，覆盖着地上的青苔，很滑，踩上去要小心。天上，或者是云彩里，有些声音，有些缥缈不知所在的声音——风声，铃声，还是歌声？说不清，很久我都不知道那到底是什么声音，但我一走到那块蓝天下面就听见了他，甚至在襁褓中就已经听见他了。那声音清朗，欢欣，悠悠扬扬，不紧不慢，仿佛是生命固有的召唤，执意要你去注意他，去寻找他、看望他，甚或去投奔他。

我迈过高高的门槛，艰难地走出院门，眼前是一条安静的小街，细长、规整，两三个陌生的身影走过，走向东边的朝阳，走进西边的落日。东边和西边都不知通向哪里，都不知连接着什么，唯那美妙的声音不惊不懈，如风如流……

我永远都看见那条小街，看见一个孩子站在门前的台阶上眺望。朝阳或是落日弄花了他的眼睛，浮起一群黑色的斑点，他闭上眼睛，有点儿怕，不知所措，很久，再睁开眼睛，啊好了，世界又是一片光明……有两个黑衣的僧人在沿街的房檐下悄然走过……几只蜻蜓平稳地盘桓，翅膀上闪动着光芒……鸽哨声时隐时现，平缓，悠长，渐渐地近了，噗噜噜飞过头顶，又渐渐远了，在天边像一团飞舞的纸屑……这是件奇怪的事，我既看见我的眺望，又看见我在眺望。

那些情景如今都到哪儿去了？那时刻，那孩子，那样的心情，惊奇和痴迷的目光，一切往日情景，都到哪儿去了？它们飘进了宇宙，是呀，飘去五十年了。但这是不是说，它们只不过飘离了此时此地，其实它们依然存在？

梦是什么？回忆，是怎么一回事？

倘若在五十光年之外有一架倍数足够大的望远镜，有一个观察点，料必那些情景便依然如故，那条小街，小街上空的鸽群，两个无名的僧人，蜻蜓翅膀上的闪光和那个痴迷的孩子，还有天空中美妙的声音，便一如既往。如果那望远镜以光的速度继续跟随，那个孩子便永远都站在那条小街上，痴迷地眺望。要是那望远镜停下来，停在五十光年之外的某个地方，我的一生就会依次重现，五十年的历史便将从头上演。

真是神奇。很可能，生和死都不过取决于观察，取决于观察的远与近。比如，当一颗距离我们数十万光年的星星实际早已熄灭，它却正在我们的视野里度着它的青年时光。

时间限制了我们，习惯限制了我们，谣言般的舆论让我们陷于实际，让我们在白昼的魔法中闭目塞听不敢妄为。白昼是一种魔法，一种符咒，让僵死的规则畅行无阻，让实际消磨掉神奇。所有的人都在白昼的魔法之下扮演着紧张、呆板的角色，一切言谈举止，一切思绪与梦想，都仿佛被预设的程序所圈定。

因而我盼望夜晚，盼望黑夜，盼望寂静中自由的到来。

甚至盼望站到死中，去看生。

我的躯体早已被固定在床上，固定在轮椅中，但我的心魂常在黑夜出行，脱离开残废的躯壳，脱离白昼的魔法，脱离实际，在尘嚣稍息的夜的世界里游逛，听所有的梦者诉说，看所有放弃了尘世角色的游魂在夜的天空和旷野中揭开另一种戏剧。风，四处游走，串联起夜的消息，从沉睡的窗口到沉睡的窗口，去探望被白昼忽略了的心情。另一种世界，蓬蓬勃勃，夜的声音无比辽阔。是呀，那才是写作啊。至于文学，我说过我跟它好像不大沾边儿，我一心向往的只是这自由的夜行，去到一切心魂的由衷的所在。

故乡的胡同

北京很大，不敢说就是我的故乡。我的故乡很小，仅北京城之一角，方圆大约二里，东和北曾经是城墙现在是二环路。其余的北京和其余的地球我都陌生。

二里方圆，上百条胡同密如罗网，我在其中活到四十岁。编辑约我写写那些胡同，以为简单，答应了，之后发现，这岂非是要写我的全部生命？办不到。但我的心神便又走进那些胡同，看它们一条一条怎样延伸怎样连接，怎样枝枝杈杈地漫展，以及怎样曲曲弯弯地隐没。我才醒悟，不是我曾居于其间，是它们构成了我。密如罗网，每一条胡同都是我的一段历史、一种心绪。

四十年前，一个男孩儿艰难地越过一道大门槛，惊讶着四下张望，对我来说胡同就在那一刻诞生。很长很长的一条土路，两侧一座座院门排向东西，红而且安静的太阳悬挂西端。男孩儿看太阳，直看得眼前发黑，闭一会儿眼，然后顽固地再看那太阳。因为我问过奶奶：“妈妈是不是就从那太阳里回来？”

奶奶带我走出那条胡同，可能是在另一年。奶奶带我去看病，走过一条又一条胡同，天上地上都是风、被风吹淡的阳光、被风吹得继续的鸽哨声。那家医院就是我的出生地。打完针，嚎啕之际，奶奶买一串糖葫芦慰劳我，指着医院的一座西洋式小楼说，她就是在那儿听见我来了，说那天下着罕见的大雪。

是我不断长大所以胡同不断地漫展呢，还是胡同不断地漫展所以我不断长大？可能是一回事。有一天母亲领我拐进一条更长更窄的胡同，把我送进一个大门，一眨眼母亲不见了，我正要往门外跑时被一个老太太拉住，她很和蔼但是我哭着使劲挣脱她，屋里跑出来一群孩子，笑闹声把我的哭喊淹没。那是我头一回离家在外，那一天很长，墙外磨刀人的喇叭声尤其漫漫。幼儿园是那老太太办的，都说她信教。

几乎每条胡同都有庙。僧人在胡同里静静地走，回到庙去沉沉地唱，那诵经声总让我看见夏夜的星光。睡梦中我还常常被一种清朗的钟声唤醒，以为是午后阳光落地的震响，多年后我才找到它的来源。现在俄国使馆的位置，曾是一座东正教堂，我把那钟声和它联系起来时，它已被推倒。那时，寺庙多也消失或改作他用。

我的第一个校园就是往日的寺庙，庙院里松柏森森。那儿有个可怕的孩子，他有一种至今令我惊诧不解的能力，同学们都怕他。他说他第一跟谁好谁就会受宠若惊，他说他最后跟谁好谁就会忧心忡忡，他说他不跟谁好了谁就像是被判离群的鸟。因为他，我学会了谄媚和防备，看见了孤独。成年以后，我仍能处处见出他的影子。

十八岁我去插队，离开这片故土三年。回来时两腿残废了找不到工作，我常独自摇了轮椅一条条再去走那些胡同。它们几乎没变，只是往日都到哪儿去了很费猜解。在一条胡同里我碰见一群老太太，她们用油漆涂抹着美丽的图画，我说，我可以参加吗？我便在那儿拿到平生第一份工资。我们镇日涂抹说笑，对未来抱着过分的希望。

母亲对未来的祈祷，可能比我对未来的希望还要多，她在我们住的院子里种下一棵合欢树。那时我开始写作，开始恋爱，爱情使我的心魂从轮椅里站起来。可是合欢树长大了，母亲却永远离开了我。几年后我的恋人也远去他乡，但那时她们已经把我培育得可以让人放心了。然后我的妻子来了，我把珍贵的以往说给她听，她说因此她也爱恋着我的这块故土。

我单不知，像鸟儿那样飞在不高的空中俯看那片密如蛛网的胡同，会是怎样的景象？飞在空中而且不惊动下面的人类，看一条条胡同的延伸、连接、枝枝杈杈地漫展以及曲曲弯弯地隐没，是否就可以看见了命运的构造？

一九九三年十二月

外国及其他

旅客陆续登机的时候，机舱里有一只苍蝇。它悠然但也许是怅然地飞着——这说不准，嗡嗡地这里兜一圈，那里落一下。

旅客到齐了，舱门关闭，飞机缓缓驶向跑道，那苍蝇还在舱中自由乱窜。就是说，这只北京苍蝇，必不可免地也要到外国去逛一趟了，去瑞典。这只万里挑一的北京苍蝇，懵然不知身处何地，更不可能知道，八个半小时之后当舱门再次打开，那已经是在八千六百公里之外了。那儿的夏天，黑夜非常短，晚上10点钟依然阳光灿烂，它会否为此而惊慌呢？如果它飞出去，它将混迹于斯德哥尔摩蝇群，从此不可辨认。但据说，那座美丽的城市干净得没有它的同类，那么它是否也会有点儿什么特别的感想？

这是我第一次出国。说来奇怪，我常能梦见一些我不曾见过的东西，甚至离奇到我想也想不出的景物，却从来梦不见外国。我从电影、电视上已屡屡见过外国了（尤其是美国和欧洲），但在梦中那样的外国从不出现。我几次梦见到了外国，都不过是在意识中有一个概念——这是外国，而四处的景物却还都是中国的。我很想就此听听释梦专家的意见。我相信这里面一定藏着些非常有趣的心理线索，或情结。

出国，确实是令人向往的。十几年前我有过一次出国的机会（后来挺荒诞地错过了），记得当时我对一个朋友说起，他竟站起来拍我的肩，一边说着："祝贺你，祝贺你呀！"我觉得这多少有点儿过分。不过，出去走走，不管到哪儿去看看，到底是件让人兴奋的事情。

有人说，旅游与外遇，其中的魅力或者诱惑是相近的。这话像似有点儿道理。人对新奇的事物，本能地存着欲望。

飞机飞得平稳极了，几乎觉察不出它在动，唯发动机隆隆的喧嚣表明它在风驰电掣，唯理智教你相信它正以一千公里的时速飞向瑞典。肯定是飞向瑞典吗？只好抱定对驾驶员的信赖。

那只北京苍蝇还在机舱里轻歌曼舞，大有"隔江犹唱后庭花"之嫌。

命运其实也就是一架飞机，或者比飞机更高明的什么飞行器吧，上帝的东西。时间之动更是平稳得让你觉察不到，历史的喧嚣司空见惯地在你耳边震响，命运于中穿越，"坐地日行八万里"。你在命运的舱中自由乱窜而已，你不可能了解命运之神要到哪儿去旅游或者去开会。你一出生就撞进了它的舱门，懵然不知身处何地，不知要被带去何方。你应该抱定对谁或者对什么的信赖呢？你嗡嗡然说着话已经半生时光，东一头西一头，思绪在这里兜一圈，到那里落一下，悠然但也许是怅然——这从来就说不准。命运之神若留意我，也会看我是一只万里挑一的北京什么吧。

差不多十小时之后，我坐在了斯德哥尔摩的一家小旅店门前。够神奇！仿佛只是钻进一间怪模怪样的小咖啡厅里去待了一会儿，出来，“洞中方七日，世上已千年”，世界已经大变。

小旅店是一座历史悠久的建筑，浓郁的欧洲风格，处处流露着雕塑技艺的精湛。这样的建筑规定不可随意增删，因而未设轮椅坡道。老友M负责接待我们，他连连抱歉，说是忘了我坐轮椅，否则他会选择其他旅馆。我倒觉得这儿很好，更像电影中所见的外国。同行的人们先要去交涉住宿，答应一会儿来接我和一堆行李。他们，包括我妻子，便轻手轻脚闪进那旅店古旧的小门不见了。

我点上一支烟，振作起精神打算认真看一看外国，具体说是瑞典，更具体地说是斯德哥尔摩皇后街的一角。我早就想看一看外国了，四十多年中仅仅是听说。不错，空气真是干净，天虽阴着，但极目所望一切都很清晰，好像我的视力也变好起来。古老的和现代的楼房连绵铺陈，安详悦目仿佛一片童话。欧洲，一向是神奇而美丽的同义。幽静的门窗中，料必蕴藏着很多悠久的故事，策划着很多现代的故事，但都是与我无关的故事。他们并不觉察我的到来。可我来了，腾云驾雾飞了一阵儿，降落在离他们很近的地方。但这样就能看见他们吗？——我是说就能看见外国了吗？街上行人很少，少得总让人担心是出了什么事。我渐渐有些紧张，看看眼前的一堆行李，再望望小旅店那扇陌生的多少带点魔幻气息的小门，不由得自己吓唬自己起来：要是他们（同来的人包括我的妻子）从此不再出来，我是不是就掉进一个美丽却恐怖的志怪故事里去了，平白无故地那么飞行了一阵儿？我紧抽几口烟，转而安抚自己：这儿总还会有其他懂汉语的人的。——那意思大约是说：一旦紧急，总还是会有人听懂我的呼救。

这让我想起两件事。一是小时候跟母亲出去，也许是公园也许是商店，在人流中正蹦跳得猖狂时，猛回身发现母亲不见了，于是欢笑顿收，紧张寻找，没头没脑地四处乱撞，已弄不清是在人间抑或是在地狱之时，忽见母亲抱歉着迎面而来；这才大放悲声。那时心里便记下了一句话：我差点儿把自己走丢了。这不是一句讲不通的话吗？自己如何把自己丢了呢？但这话没人不懂。可见自己并非仅指此一肉身，由于精神的牵挂而有着一个更大的自己。

另一件事是从书上读到的：科学将可以虚拟现实。据说通过电脑呀，光纤呀，数字化呀，全息术呀……不仅可以虚拟三维图像、立体音响，而且可以虚拟触觉反馈，使你如临真境并可参与其中，总之，将有种种高明的技术把你带入灵境。对，不是梦境也不是幻境，他们把那叫作“灵境”，即虽知一切都是虚拟，却分辨不出与现实有任何区别。书中说，现有的技术还很粗陋，尚难称心，但随着科学的发展和各方面技术的完备，这诺言终会全面兑现的。天！那可要比梦境美妙多了。梦，不是你想怎样做就能怎样做的，而这灵境，你却可以随心所欲，呼之即来。那时你要去比如说瑞典，你何必再坐那种有可能把你摔死的飞机呢？你噼里啪啦按动一些电钮就行了，眼前就会出现斯德哥尔摩的街道，闻到波罗的海清爽的风，听见教堂的钟声在白昼般的夜晚里飘荡，你还可以走进瓦萨沉船博物馆，去看看那条三百多年前的大木船，或者去逛逛商店，摸一摸你喜欢的商品。是呀是呀，摸一摸是办得到的（虚拟触觉反馈），但可以在灵境中把它买走吗？就算买不走（人家可不要虚拟的克朗）那也没关系，也仍然与现实没多大区别——我是指我的现实，我和我妻子在斯德哥尔摩逛商店时，多半也只是摸一摸那些精美的商品就走开。严重的问题不在于囊中羞涩，而在于：倘虚拟技术可以如此乱真，我们又如何知道我们现在不是在虚拟之中呢？幸亏这技术现在还粗陋，未来的人们可是要小心。

现在可以放心，那次我们在博姆什维克真心投入的文学讨论会绝非虚拟。博姆什维克离斯德哥尔摩六十多公里，森林和湖水环绕，青天碧浪绿地红房，幽然无比。讨论会的题目是“沟通：中国文学面对世界”。是呀，当然是要面对世界，因为世界面对你。至于沟通嘛，倒更像是一种奢侈。我在随后的一份感想中写过：

> 语言的阻碍，就像语言的求生一样坚强。同操汉语的一群作家，未必都互相听懂了对方在说什么，几乎每句话都产生不止一个误解。那些误解甚至是解释不清的，因为解释同样得求助于那些魔术般的语言，于是继续繁衍同样多的误解。

不过我现在想，阻碍和误解，恰可用以区分虚拟与真实吧。虚拟可以随心所欲，真实的生活可没那么便宜。比如说，虚拟甚至可能给你一份性快感，但你能从中得到爱情吗？心灵之丰富是可以无中生有的，这可怎么虚拟？因而也就无法虚拟同样丰富的心灵之间的阻碍，不能虚拟这阻碍所催生的对沟通的焦灼与渴望。什么是爱情呢？正是这份对沟通的焦灼与渴望啊。所以早有先哲说过：困苦使你存在。

在那次讨论会上，我注意到了一个最动人的象征。这象征体现于帕尔梅国际中心亚洲部主任（真抱歉，我记不住他的名字了）。他是那次会议的组织者之一，也是那次会上唯一不懂汉语的人。当一群中国作家和瑞典汉学家热烈讨论的时候，他默守一旁，随时提供会议所需的一切用具、食品和饮料，没有什么需要他的时候他就静观我们的讨论，很偶尔地请人给他翻译一两句，然后点头含笑。会议快结束时，大家请他也说几句，他说得非常简单：他很高兴，虽然他听不懂汉语，但他看得出来中国作家们讨论得很认真，甚至很激烈，不像前不久的一群古巴作家，话不投机就都跑出去游逛了，这就是让他快乐的理由。看见一群素昧平生的人渴望相互沟通，便是那位亚洲部主任快乐的理由！我想，这同时也是一个最动人的象征：沟通，并非有其圆满的结果不可，有其真诚的渴望就该庆祝。沟通从来就是这样吧，难得通处才要沟之，若全通畅，怕又涉嫌虚拟了。

会议之余，M带我们在斯德哥尔摩的街上逛。天气一副举棋不定的样子，时而阳光明媚，时而细雨霏霏。我穿了毛衣还有些冷。M的儿子骑在他爹脖子上，两条小腿冻得发紫却毫不在意。

M是中国人，他妻子A金发碧眼。大家于是端详他们的儿子，问：他更像中国人呢，还是更像瑞典人？这似乎是个很自然的问题，可一旦提出，却发现其实不能成立。瑞典汉学家G女士反问道：瑞典人是什么样子？瑞典只有八百多万人，却有一百三十多个民族，M不是瑞典人吗？是呀，大家幡然醒悟：有瑞典人，但至少在相貌上瑞典人并无统一的标识。那么，有一首流行了很久的歌——黑头发黑眼睛黄皮肤……龙的传人——不见得是在存心开一个国际玩笑吧？中国一向以其民族众多为骄傲，为什么竟习惯以“黑头发黑眼睛黄皮肤”来认同一颗中国心呢？再说，黑头发黑眼睛黄皮肤的又未必都是中国人。

我们在商店里买一点小纪念品的时候，常被快乐的货主问道：你们是日本人吧？看来大家容易犯一样的错误。看似一样，当然其间有着微妙的差异。但不管微妙到哪里去，敏感的心恐怕也只需要沟通，用不着愤怒。

在一位原籍上海的瑞典导游先生的带领下，我们去参观了瓦萨沉船博物馆。那里面陈列着一艘三百多年前的战船。这战船下水只几十分钟就沉进了海底，沉没的原因用今天的话说就是：外行领导内行。那船本已造好，但国王非要再加建一层并增加若干门火炮不可，于是头重脚轻翻身藏入海底，只好等待几个世纪后人们来观赏它了。三百多年后它被打捞上来，因那处海域温度低，船体竟无大损。这是件了不起的文物，导游先生说，为了让它长久保存下去，瑞典人一日数遍在船体上喷一种药水，“你们猜喷了多久？”有猜一年的，有猜三年的。导游先生笑笑：“十六年！”

这真让我惊讶，并让我想起目前中国到处都流行得通的一个“累”字。“哥们儿你累不累？”——这可以是挖苦，也可以是劝告，还可以是潇洒的标榜。也许我们是给累怕了。

可曾经我们也是不怕累的呀。但那时我们太过宠爱了愚公移山的“移”字，而忽视了首先的那个“愚”字。比如北京的城墙，差不多能算一条小型的山脉，但愚公们一锹一锹竟把它挖平啦！累定思累，原来愚不可及。那么总该愚定思愚了吧？却又轮到嫌累了，于是速成地都聪明起来。地上的城墙已尽，但地下的古墓犹存，愚勇也在，子子孙孙就又挖，挖如果累，干脆炸开岂不快捷？剩下多少算多少，拿去换钱总归都进自己的腰包。刚刚听说，烟台附近的一处汉墓群又遭劫难。

古老的中国，伤心之处到底都牵连在哪儿呢？

记得马尔克斯就其《百年孤独》答记者问时说过：百年孤独的原因，就是因为人们不懂得爱情，或者是丧失了爱情。——记不清他的原话了，大意是这样。

真的，我有时想这不是偶然的：当一个家以爱情做引领的时候，其成员必齐心建设。而一个没有了爱情的家，其家政再怎么强化，也难免“忽喇喇似大厦倾”。腐败的根源，在于从来就是物本位，精神的求索或私下变成物的期货，或公开划作不可越步的雷池。失神者，能不落魄？

因而，这也就不是偶然的：倘若言爱，就会有人问你“是不是太累”？要是仅仅发生性的操作呢？倒有种种春药似的目光或警句给你以鼓舞。

既到了斯德哥尔摩，又是来开一个文学讨论会，去瞻仰一回瑞典文学院是理所当然的。

大轿车送我们到一座并不雄伟的建筑前面，可能是因为又累又匆忙，我对那座建筑的印象并不深刻。只记得大家把我抬上很多级台阶，我心中填满了歉意，想到很多文学巨匠都曾庄严地迈步于这些台阶，歉意就更增长。

然后来到一间古朴的大厅，大家随意坐下，听马悦然教授讲一些有关诺贝尔奖的事情。马教授潇洒谦和，站在那个著名的演讲台旁，一口地道的汉语。那台子不高，一步就可以迈上去，几步就可以走到福克纳和马尔克斯当年做过获奖演说的位置。但大家从始至终恭敬地坐在台下，没有谁走到那个位置上去开一回玩笑。这很好。它并不高得吓人，但它需要仰望，这确实很好。也许没有哪一个奖可以做到完全正确（托尔斯泰和博尔赫斯未能中选，就是诺贝尔奖永远的遗憾），但人们心里总要存一处不许冒犯的圣堂。

我无端地想起曾经读过的一本书上的话：你不可以做和尚，但你不可以不想做和尚。我一直记得这句话，觉其必有深妙之处，但一直懵懂未通。它是不是说，圣堂更应该保持住一个梦想的位置呢？不是说梦想的到达，而是说梦想的永在。无论可否到达，都不可没有那样一份永久的供奉。倘这供奉容易被百万美元以及豪华的名声所骚扰，其梦想的位置就更要强调。

但是瑞典，它真是离中国太远了。瑞典是不是真能够读懂中国，我很怀疑。当然瑞典可以有瑞典的读法。比如我看瑞典，实际也只看见了一个童话。

回国之后，朋友们都很自然地问我：瑞典好吗？但那不是能用好与不好来回答的，那是一个童话。它美如童话，它又远如童话。它离我，不是空间的距离，也不是时间的距离，而是现实与童话的距离。并不是说我见的那个瑞典是假的，而是瑞典对于我，只相当于媒人牵线的一次匆匆相会。从这样的角度看，它真是美丽极了，童话一样令人赞叹。但我从来不大能理解一见钟情。中国呢，却是我全部的现实，诸多的梦想也都是由于它。虽然从观赏的角度以及舒适的角度看，它都比不上瑞典，它有很多令人伤心的地方。但如果可以生活在童话里，我们可以描绘比瑞典更美丽的童话。可生活是全面的现实，便连那些伤心的地方也是你命定的诱惑。

我坐在斯德哥尔摩的街道旁，坐在博姆什维克的森林里和湖水旁，坐在波罗的海的岸边，静静地看它，直到白夜。但我发现我只能看到它却听不到它。虽然一阵阵天使飞翔般的教堂钟声令人心静神宁，但我还是听不到它。到底想要听见什么呢？诉说。你听不见它有什么要对你诉说，它的深处对你是断然关闭的，尽管这并不是它的错。

我想起我的一位画家朋友Y，他尤以画人体著名。他走过世界很多地方。有一回他对我说，他多次试着画过外国模特儿，但总是画不好。不能说那些外国模特儿不美，也许更美，但Y说，他找不见他们，面对面地也找不见他们。Y的意思，我当时没弄大懂，Y又是个不善言辞的人。现在我有点儿懂了，画也是要听的，画他们，就是为了能够听到他们，诉说和倾听诉说。

我到过外国了，但我还是梦不见外国，不管是美丽的还是不那么美丽的，我都不再梦见。循此心理线索分析下去，一定会很有趣的。不过我并不拒绝什么时候再去看看外国，随便哪儿，东南西北如果我的身体允许，我愿意与它们多见几面，我对地球乃至宇宙有全面的兴趣。但是说到居住，我还是愿意居住在我正于其中居住的地方。——这有点儿像狡猾的狐狸吗？听人说起过一份“最适于居住之地”的排行榜，排在第一位的，有说是加拿大的，有说是澳大利亚的。我想那些地方肯定是不错，不过我情愿把它们列为“最适于旅游之地”，尽管这也只是一厢情愿。

我常常感到，上帝真是把这个世界创造得丰富多彩，什么样的地方都有人居住，什么样的命运都有人承担，什么样的行为都有人来体现，虽然这样就不会是完美无缺。但完美无缺了倒又是一种缺憾，反使心魂无路可寻。上帝必是看到了这一点，这是上帝的难处，也是上帝的高明。

二〇〇〇年二月二十七日修改

在家者说

宇宙无边，地球广阔，且时有风雨袭来，或烈日曝晒，故不得不寻一有限之地，立以四壁，覆以顶盖，日落避于其中，日出游乎其外，这就是家吗？也可能是旅馆。备好丰足的衣食，装上成套的电器，窗外四季更迭，室内全无寒暑，排布开精美的家具，点缀些字画、古董，或再有高朋满座，窗外月黑风高，室内其乐融融，这就是家了吗？仍可能是饭店。

把家打扮成饭店、旅馆，像似从贫穷走向富裕的一个必经阶段，艳羡的眼睛已经睁开，审美的心尚无归处。陈村曾打电话给我说：你要装修吗？记住方便自己，勿只为偶尔一来的客人说好。又听人讲起一对富裕了的夫妻，满打满算两口人，却偏要买下二百多平米的豪居，初时客人不断，来道喜，来恭维，时间一久谁还老来呢？于是一到周末两口子就发慌，唯恐豪居闲置，便东一个电话西一个电话地求人来："来吧来吧，一切都预备好了！"岂不是饭店吗？且有一男一女两位侍者。

谁会在家门前挂一排霓虹灯呢？家有家的语言，比如一张老床，默默然说着一个家族的历史。比如所有的家具都不配套，形色不一，风格各异，便会让你回忆起历历如新的诸多往事。比如一个谈不上多么美妙的小器物，别人不理会，只你和你的家人知道它所负含的纪念，视其为不可亵玩的圣物。这类东西是模仿不来的，一模仿就又是饭店。家是模仿不来的，一模仿就又是“宾至如归”。家，一俟你走向它，便会听见它的召唤；一俟你走到它近前，便会闻辨出它的气息；你一推开家门，心里便会有一个声音：“噢，家！”“噢，久违了。”家说：“喂，你还好吗？”你就甩掉鞋帽，甩掉衣裳，甩掉你在外面的世界里不得不钻入其中的那一套行头，露出原形（不单指身体）——这也是一种语言，是你对家的报答，是对它由衷的信任和感激。

即便这家只你一人，你也不能总在街上乱走。即便你用不着起火落灶，你总也得有一处安魂入梦的地方。家其实不限于空间，家更是一种时光，一种油然的心绪。此时与此心，可以清理你的秘密，不拘一格地思想，想入非非，正如你可以随意躺倒，肆意欢叫，不必再让微笑堆痛你的脸。你可以独享你的心情，独享你的智慧和想象，因而家又忽然地可以穿透四壁，山高水长，无边无际地铺展。

单有精美的家具堆在身边，你担不担心这儿可能是家具店？单有价值连城的古董摆在四周，你怀不怀疑这儿可能是博物馆？就比如一群妖艳女子整天伴你左右，你怕不怕这儿可能是红灯区？家，正是要消除你的这类恐惧。家徒四壁也依然是容纳你的躯体又放纵你的心情的地方，是陪伴你的欢乐又收容你的痛苦的地方。设若只你一人有些孤独，你不妨扭亮台灯，翻开书，踏踏实实地听一回先哲的教诲，那一刻便全是回家的感觉。也不妨铺开纸，随心所欲，给一位心仪已久的人写封信，于是乎那一条邮路上便都是家的消息。这其实就是写作了。写作就是写给心仪已久的人呀，尽管你不知道他们是谁，位于空间的何处。

竞争是件好事，否则人间不免寂寞。但为什么一定要比着豪华呢？不可以比着简朴吗？享受更是无可非议，但是，人终于能够享受的只有心情和智慧，借助倾诉与倾听。所以，就祝愿所有的家都至少有两个人，相亲相爱的两个人。一个电话又一个电话地为那闲置的豪居呼救，冤哪！

二〇〇一年十二月二十七日

花钱的事

据说，我家祖上若干代都是地主，典型的乡下土财主，其愚昧、吝啬全都跟我写过的我的那位太姥爷差不多：“一辈子守望着他的地，盼望年年都能收获很多粮食；很多粮食卖出很多钱，很多钱再买下很多地，很多地里再长出很多粮食……如此循环再循环，到底为了什么他不问。而他自己呢，最风光的时候，也不过是一个坐在自己的土地中央的邋里邋遢的瘦老头。”

据说，一代代瘦或不瘦的老头们，都还严格继承着另一项传统：不单要把粮食变成土地，还要变成金子和银子埋进地里，意图是留给子孙后代，为此宁可自己省吃俭用。那时候我父亲还小，他说他依稀还能记起一点那警惕的场面：晃动的油灯把几条挥汗掘土的人影映在窗上，忽觉外面有所动静，便一齐僵住，黑了灯问：“谁？”见是几个玩耍的孩子，才都透一口气，而后把孩子们一一骂回到各自的屋里去。

但随时代变迁，那些漂亮的贵金属终也不知都让谁给挖了去，反正我是没见过。我的父辈们，也只因此得到了一个坏出身。

我怀疑我身上还是遗传着土财主的心理，挣点儿钱愿意存起来，当然不是埋进土里，是存进银行，并很为那一点点利息所鼓舞。果然有人就挖苦我是“老鼠的儿子会打洞”，进而问道：“要是以后非但没有利息，还得交管理费，你还存不？”我说不存咋办，搁哪儿？于是又惹得明智之士唏嘘嘲笑：“看你不傻嘛，不知道钱是干吗的？”“干吗的？”“花的！不懂吗？钱是为人服务的。普天之下从古至今，最愚蠢的东西莫过于守财奴。”接着，还搬出大哲学家西梅尔的思想来开导我：货币就好比筑路、搭桥，本不是目的，把钱当成目的就好比是把家安在了桥上。

倒是我把钱当成了目的？等着瞧吧，还不一定是谁把家安在了桥上呢。

明智之士的话听起来也都不错，但细想，就有问题。第一，钱，只是花着，才是为人服务吗？第二，任何情况下，都一定是人花着钱，就不可能是钱花着人？比如说你挣了好些钱又花了好些钱，一辈子就过去了，那是你花了一辈子钱呢，还是钱花了你一辈子？第三，设若银行里有些储备，从而后顾无忧，可以信马由缰地干些想干而不必盈利的事，钱是否也在为人服务呢？我的意思是：钱是为了能花的，并不都是为了花掉的。就好比桥是为了能过河的，总不至于有了桥你就来来回回地总去过河吧？

在我看，钱的最大用处是买心安。必须花时不必吝惜，无需它们骚扰时，就让它们都到隔壁的银行里去闹吧。你心安理得地干些你想干的事、做些你想做的梦，偶尔想起它们，知其“招之即来，来之能用”，便又多了一份气定神闲。这不是钱的最大好处吗？不是对它们最恰当的享用？就算它们孤身在外难免受些委屈——比如说贬一贬值，我看也值得：你咋就舍得让孩子到幼儿园里去哭呢？

贬值，只要不太过分就好，比如存一万，最后剩五千。剩多剩少，就看够不够吃上非吃不可的饭，和非吃不可的药，够，就让它贬去吧。到死，剩一万和剩五千并无本质不同。好比一桶水，桶上有个洞，漏，问题是漏多少？只要漏到人死，桶里还有水，就不怕。要是为了补足流失，就花一生精力去蓄水，情况跟渴死差不太多。

我肯定是有点儿老了。不过陈村兄教导我们说：“年轻算个什么鸟儿，谁没有年轻过呢？”听说最时髦的消费观是：不仅要花着现有的钱，还要花着将挣的钱，以及花着将来未必就能挣到的钱；还说这叫超前消费，算一种大智大勇。依我老朽之见，除非你不怕做成无赖——到死也还不完贷，谁还能把我咋样？否则可真是辛苦。守财者奴，还贷的就一定不是？我见过后一种奴——人称“按揭综合征”，为住一所大宅，月以继月地省吃俭用不说，连自由和快乐都抵押进去；日出而作，日落而不敢息，夜深人静屈指一算，此心情结束之日便是此生命耗尽之时。这算不算是住在了桥上？抑或竟是桥下，桥墩也似的扛起着桥面？

但明智之士还是说我傻：“扛着咋啦？人家倒是住了一辈子好房子！你呢，倘若到死还有钱躺在银行里，哥们儿你冤不冤？”

这倒像是致命一击。

不过此题还有一解：倘若到死都还有钱躺在银行里，岂不是说我一生都很富足，从没为钱着过急吗？尤其，当钱在银行里饱受沉浮之苦时，我却享受着不以物喜、不为钱忧的轻松，想想都觉快慰，何奴之是？

我还是信着庄子的一句话："乘物以游心"。器物之妙，终归是要落实于心的。什么是奴？一切违心之劳，皆属奴为。不过当然，活于斯世而彻底不付出奴般辛苦的，先是不可能，后是不应该——凭啥别人造物，单供你去游心呢？但是，若把做奴之得，继续打造成一副枷锁，一辈子可真就要以桥为居了。听说有一类股民，不管赚到多少，总还是连本带利都送回到股市去"再生产"，名分上那些钱都是你的，但只在本利蚀尽的一天才真正没有了别人的事。

还有一事我曾经不懂：凭什么一套西装可以卖到几万块？我盯紧那玻璃钢模特儿之暗蓝色的面孔，心里问："凭什么呀你？"一旁的售货小姐看不过了，细语莺声地点拨道："牌子呀，先生！""牌子？就这么一小块儿织物？"小姐笑笑，语气中添了几分豪迈："您可知道，这种牌子的西装，全世界才有几套吗？"

默然走出商场时我才有点儿明白了：那西装不单是一身衣裳，更是一面奖状！过去，比如说一位房管局长要是工作得好，会有上级给他发一面奖状。可现在，谁来表彰一位房产商呢？他要是也工作得好，靠啥来体现荣耀呢？于是乎应运而生，便有了这几万块钱一套的西装，或几万块钱的一小块儿著名标牌。应该说这是合理的，既是奖状自然价值无限，何况还贡献着高税。但若寻常之人也买一身那样的衣裳穿（当然你有权这么干），便形同盖一面伪奖状在桥头上做噩梦。

然而又有人说我了：都要像你这样，社会还怎么发展？

我阻碍社会发展了吗？我丰衣足食，我住行方便，我还有一辆无需别人帮助即可走到万寿山上去的电动轮椅……

是嘛！要是谁都不肯花大价钱买这轮椅，这么好的轮椅就发展不出来。

你是说，大家都该去买一辆这样的轮椅？

我是说大家要都把钱存着，就什么也不能发展。比如说都不买大宅世上就没有大宅，都不买豪车世上就没有豪车，都不买那样的西装，人类可能就还披着兽皮呢！

这话似也不无道理。比如说拉斯维加斯吧，真也令人赞叹，赞叹它极致的豪华，赞叹人之独具的想象力——把“大海”搬进沙漠，把“天空”搬进室内，把“古罗马街道”搬到今天……说真的，世上若完全没有这类尝试，好像也闷。我经历过那种崇拜统一、轻蔑个性的时代：人人都穿一样的蓝制服，戴一样的绿军帽，骑一样的自行车和住一样的两居室……可再怎么一样也一样不过动物们一式的皮毛和洞穴，不是吗？

我去过一趟那赌城。十年前，好友立哲自掏腰包，请了包括我在内的几个老同学去美国玩。（之所以选在那一年，我知道主要是为了我，立哲在电话里说：“你要再不来可就来不了啦！”果然，转年我就进了透析室。）在拉斯维加斯的赌场里，立哲先花十美金让我们试了几把轮盘赌，不料最后一码竟赢得四十倍，于是大家稀里哗啦地又玩了一阵子老虎机。我们都有理智，本利全光之后便告别了赌场，单靠眼睛去占那赌城的便宜。

于是就又明白了一件事：拉斯维加斯是个大玩具，开启想象力的玩具。跟孩子的玩具一个道理，没有的话，孩子容易傻；太多了呢，孩子也容易傻，还容易疯。高明的家长在于把握尺度。若是把买粮的钱，上学、治病和养老的钱都买成玩具，即可明确指出：这家里缺个称职的家长。

接下来必有一个问题等在这里：什么是发展？你原本是想发展到哪儿去？或者：人，终于怎样，才算是发展了和持续地发展着？

最简单的提问是：是财富增长得越快越持久，算发展呢，还是道德提高得越快越持久，算发展？

最有力的反问是：为什么不可以是财富与道德，同时提高并持久呢？

可明显的事实却是：财富指数的不断飙升，伴随的恰恰是道德水平的不断跌降。

是吗？

不是吗？

这可不是一两句话能说清楚的……不过，这跟你的存钱有啥关系？

有哇有哇，比如说《浮士德》，浮士德博士跟魔鬼打的那个赌……

靡非斯特毕竟高人一等，我一直认为浮博士是输定了的。万物生于动，停下来岂非找死？在人类社会，这体现于种种竞争。霍金曾举一例：现而今，若把每天出版的新书一本一本挨着往前排，就是一辆八十迈飞奔的汽车也追不上。（霍大师客气了，倘若换成服装、化妆品之类一件件往前排，怕是飞机也追不上吧。）然后他问：人类是可能持续这样的加速飞奔呢，还是可能自觉放慢速度？霍大师有这样的猜测：照理说这宇宙中早该有比我们更聪明的生命，以及比我们更发达的科学，他们所以至今未能跟我们联系上，很可能是因为，在其科学发展到足以跟我们联系上之前，其道德的败坏已先行令其毁灭了。哎呀哎呀，看来浮士德——这浮世之德呀——怎么都是个输了，而且输掉的恰恰是叫作"灵魂"的那种东西！

赞叹着歌大师之远见的同时，我不免心存沮丧。

不过张辉教授在他的一本书中，为浮博士也为我们，提供了一个战胜靡非斯特的办法："向歌德学习：在一个绝大多数人信仰不断'向前走'的时代，如何同时关切永远'向上走'的问题。"——即"人如何向上再次拥有信仰的问题"。真可谓是绝处逢生！可不是嘛，动，凭啥要限定在二维方向？竞争，何苦一门心思单奔着物利？细思细想，这很可能就是歌大师的本意——人，压根儿就是上帝跟魔鬼打的一个赌。这一赌，是上帝赢呢，还是靡非斯特赢？歌大师有怀疑。霍大师也有怀疑。

有迹象表明，大师们的忧虑怕要成真。比如说，为什么在提倡"可持续发展"的今天，人类仍在为提高GDP和"促进消费"而倾注着几乎全部热情？有哪一国GDP和消费指数的增长，不是以加速榨取自然为代价的呢？不错，我们都曾受惠于这类增长，但我们是否也在受害于并且越来越受害于这类增长呢？今人之时速千里的移位，当真就比古人的“朝闻道，夕死可也”更必要？今人之全球联通，就比古人的“心远地自偏”更惬意？今人之以孱弱之躯驾一辆四轮铁壳飞奔，就比古人的“竹杖芒鞋轻胜马……一蓑烟雨任平生”更自由？我忽然觉得，即便我祖上那些瘦与不瘦的老头，也比胖与特胖的今人明智，至少他们记挂着未来。

不过也有迹象表明，正因为大师们的提前忧虑，上帝仍然有赢得那一场赌局的希望。比如比尔·盖茨这位当今世界的首富，他不仅已为慈善事业捐出了二百多亿美元，还在他的遗嘱中宣布，将把全部财产的百分之九十八做同样的捐赠。又比如钢铁巨头安德鲁·卡内基，他曾经说过这样的话（大意）：贫富之差本是社会发展的副产品，富人若把其财富全部留给自己，那是一种耻辱。

看看他们是怎么花钱的吧。看看他们是怎么挣钱，又是怎么花钱的吧。看看他们是怎么把挣钱和花钱，一同转变成“向上去拥有信仰”之行动的吧。他们的钱不仅买到了自己的心安，还要去为大家买幸福。我一直以为有个不解的矛盾：不竞争则大家穷，竞争则必然贫富悬殊以致孕育仇恨。比先生和卡先生又让我看清了一件事：如果把占有财富的竞争转变为向善向爱的竞争，浮博士和我们大家就可以既不停步，又不必疯牛似的在一条老路上转个你死我活了。当然不是所有人都能像老比和老卡那样挣钱，但所有人都可以像他们那样花钱呀。这样我就又多了一份心安理得：设若我死后还有些钱躺在银行里，料它们在成全了我的一生心安之后，也不会作废。

二〇〇七年十月二十三日

悼路遥

我当年插队的地方，延川，是路遥的故乡。我下乡，他回乡，都是知识青年。那时我在村里喂牛，难得到处去走，无缘见到他。我的一些同学见过他，惊讶且叹服地说那可真正是个才子，说他的诗、文都写得好，说他年轻，而且有思想有抱负，说他未来不可限量。后来我在《山花》上见了他的作品，暗自赞叹。那时我既未做文学梦，也未及去想未来，浑浑噩噩。但我从小喜欢诗、文，便十分地羡慕他，十分的羡慕很可能就接近着嫉妒。

第一次见到他，是在北京。其时我已经坐上了轮椅，路遥到北京来，和几个朋友一起来看我。坐上轮椅我才开始做文学梦，最初也是写诗，第一首成形的诗也是模仿了信天游的形式，自己感觉写得很不像话，没敢拿给路遥看。那天我们东聊西扯，路遥不善言谈，大部分时间里默默地坐着和默默地微笑。那默默之中，想必他的思绪并不停止。就像陕北的黄牛，停住步伐的时候便去默默地咀嚼，咀嚼人生。此后不久，他的名作《人生》便问世，从那小说中我又看见陕北，看见延安。

第二次见到他是在西安，在省作协的院子里。那是八四年，我在朋友们的帮助下回陕北看看，路过西安，在省作协的招待所住了几天。见到路遥，见到他的背有些驼，鬓发也有些白，并且一支接一支地抽烟。听说他正在写长篇，寝食不顾，没日没夜地干。我提醒他注意身体，他默默地微笑；我再说，他还是默默地微笑。我知道我的话没用，他肯定以默默的微笑抵挡了很多人的劝告了。那默默的微笑，料必是说：命何足惜？不苦其短，苦其不能辉煌。我至今不能判断其对错。唯再次相信“性格即命运”。然后我们到陕北去了，在路遥、曹谷溪、省作协领导李若冰和司机小李的帮助下，我们的那次陕北之行非常顺利、快乐。

第三次见到他，是在电视上，《正大综艺》节目里。主持人介绍那是路遥，我没理会，以为是另一个路遥，主持人说这就是《平凡的世界》的作者，我定睛细看，心重重地一沉——他竟是如此地苍老了，若非依旧默默地微笑，我实在是认不出他了。此前我已听说，他患了肝病，而且很重，而且仍不在意，而且一如既往笔耕不辍、奋争不已。但我怎么也没料到，此后不足一年，他会忽然离开这个平凡的世界。

他不是才四十二岁吗？我们不是还在等待他在今后的四十二年里写出更好的作品来吗？如今已是“人生九十古来稀”的时代，怎么会只给他四十二年的生命呢？这事让人难以接受。这不是哭的问题。这事，沉重得不能够哭了。

有一年王安忆去了陕北，回来对我说："陕北真是荒凉呀，简直不能想象怎么在那儿生活。"王安忆说："可是路遥说，他今生今世是离不了那块地方的。路遥说，他走在山山川川沟沟峁峁之间，忽然看见一树盛开的桃花、杏花，就会泪流满面，确实心就要碎了。"我稍稍能够理解路遥，理解他的心是怎样碎的。我说稍稍理解他，是因为我毕竟只在那儿住了三年，而他的四十二年其实都没有离开那儿。我们从他的作品里理解他的心。他在用他的心写他的作品。可惜还有很多好作品没有出世，随着他的心，碎了。

这仍然不只是一个哭的问题。他在这个平凡的世界上倒下去，留下了不平凡的声音。这声音流传得比四十二年要长久得多了，就像那块黄土地的长久，像年年都要开放的山间的那一树繁花。

一九九三年一月

第三章 好运设计

宿命的写作

“四十而不惑，五十而知天命”，这话似乎有毛病：四十已经不惑，怎么五十又知天命？既然五十方知天命，四十又谈何不惑呢？尚有不知（何况是天命），就可以自命不惑吗？

斗胆替古人做一点解释：很可能，四十之不惑并不涉及天命（或命运），只不过处世的技巧已经烂熟，识人辨物的目光已经老练，或谦恭或潇洒或气宇轩昂或颐指气使，各类做派都已能放对了位置；天命嘛，则是另外一码事，再需十年方可明了。再过十年终于明了：天命是不可明了的。不惑截止在日常事务之域，一旦问天命，惑又从中来，而且五十、六十、七老八十亦不可免惑，由是而知天命原来是只可知其不可知的。古人所以把不惑判给四十，而不留到最终，想必是有此暗示。

惑即距离，空间的拓开，时间的迁延，肉身的奔走，心魂的寻觅，写作因此绵绵无绝期。人是一种很傻的动物：知其不可知而知欲不泯。人是很聪明的一种动物：在不绝的知途中享用生年。人是一种认真又倔强的动物：朝闻道，夕死可也。人是豁达且狡猾的一种动物：游戏人生。人还是一种非常危险的动物：不仅相互折磨，还折磨他们的地球母亲。因而人合该又是一种服重刑或服长役的动物：苦难永远在四周看管着他们。等等等等。于是最后：人是天地间难得的一种会梦想的动物。

这就是写作的原因吧。浪漫（不主义）永不过时，因为有现实以“惑”的方式不间断地给它输入激素和多种维生素。

我自己呢，为什么写作？先是为谋生，其次为价值实现（倒不一定求表扬，但求不被忽略和删除，当然受表扬的味道总是诱人的），然后才有了更多的为什么。现在我想，一是为了不要僵死在现实里，因此二要维护和壮大人的梦想，尤其是梦想的能力。

至于写作是什么，我先以为那是一种职业，又以为它是一种光荣，再以为是一种信仰，现在则更相信写作是一种命运。并不是说命运不要我砌砖，要我码字，而是说无论人干什么人终于逃不开那个“惑”字，于是写作行为便发生。还有，我在给一个朋友的信中这样说过：“写什么和怎么写都更像是宿命，与主义和流派无关。一旦早已存在于心中的那些没边没沿、混沌不清的声音要你写下它们，你就几乎没法去想‘应该怎么写和不应该怎么写’这样的问题了……一切都已是定局，你没写它时它已不可改变地都在那儿了，你所能做的只是聆听和跟随。你要是本事大，你就能听到的多一些，跟随得近一些，但不管你有多大本事，你与它们之间都是一个无限的距离。因此，所谓灵感、技巧、聪明和才智，毋宁都归于祈祷，像祈祷上帝给你一次机会（一条道路）那样。”

借助电脑，我刚刚写完一个长篇（谢谢电脑，没它帮忙真是要把人累死的！），其中有这样一段：“你的诗是从哪儿来的呢？你的大脑是根据什么写出了一行行诗文的呢？你必于写作之先就看见了一团混沌，你必于写作之中追寻那一团混沌，你必于写作之后发现你离那一团混沌还是非常遥远。那一团激动着你去写作的混沌，就是你的灵魂所在，有可能那就是世界全部消息错综无序的编织。你试图看清它、表达它——这时是大脑在工作，而在此前，那一片混沌早已存在，灵魂在你的智力之先早已存在，诗魂在你的诗句之前早已成定局。你怎样设法去接近它，那是大脑的任务；你能够在多大程度上接近它，那就是你诗作的品位；你永远不可能等同于它，那就注定了写作无尽无休的路途，那就证明了大脑永远也追不上灵魂，因而大脑和灵魂肯定是两码事。”卖文为生已经十几年了，唯一的经验是，不要让大脑控制灵魂，而要让灵魂操作大脑，以及按动电脑的键盘。

一九九五年十二月二十二日

爱情问题

一

有人说，世界上，每分每秒都有贝多芬的乐曲在奏响在回荡，如果真有外星人的话，他们会把这声音认作地球的标志（就像土星有一道美丽的环），据此来辨认我们居于其上的这颗星星。这是个浪漫的想象。何妨再浪漫些呢？若真有外星人，外星人爷爷必定会告诉外星人孙子，这声音不过是近二百年来才出现的，而比这声音古老得多的声音是“爱情”。爱情，几千年来人类以各种发音说着、唱着、赞美着和向往着它，缠绵激荡片刻不息。因此，外星人爷爷必定会纠正外星人孙子：爱情——这声音，才是银河系中那颗美丽星星的标志呢。

二

但，爱情是什么？爱情，都是什么呢？

大约不会有人反对：美满的爱情必要包含美妙的性（注：本文中

的“性”意指性吸引、性行为、性快乐），而美满的性当然要以爱情为前提。因为世上还有一种叫作“友爱”的情感，以及一种叫作“嫖娼”和一种叫作“施暴”的行为。因而大约也就不会有人反对：爱情不等于性，性也不能代替爱情。如同红灯区里的男人或女人都不能代替爱人。

这差不多能算一种常识。

问题是：那个不等同于性的爱情，是什么？那个性所不能代替的爱情，是什么？包含性并且大于性的那个爱情，到底是怎么一种事？

三

也许爱情，就是友爱加性吸引？

就算这机械的加法并不可笑，但是，为什么你的异性朋友不止十个，而爱人却只有一个（或同时只有一个）呢？因为只有一个对你产生性吸引，是吗？

也许有人是。可我不是。我不是而且我相信，像我这样不止从一个异性那儿感受到吸引的人很多，像我这样不止被一个美丽女人惊呆了眼睛和惊动了心的男人很多，像我这样公开或暗自赞美过两个以上美妙异性的人肯定占着人类的多数。

证明其实简单：你还没有看见你的爱人之时你早已看见了异性的美妙，你被异性惊扰和吸引之后你才开始去寻找爱人。你在寻找一个事先并不确定的异性做你的爱人，这说明你在选择。你在选择，这说明对你有性吸引力的异性并不只有一个。那么，选择的根据是什么？若仅仅是性，便没有什么爱情发生，因而那是动物界司空见惯的事件与本文无关。你的根据当然是爱情。

但是爱情是什么眼下还不知道。

现在只知道了一件事：性吸引从来不是一对一的，从来是多向的，否则物种便要在无竞争中衰亡。

四

我读过一篇小说，写一对恋人（或夫妻）出门去，走在街上、走进商店、坐上公共汽车和坐进餐厅里，女人发现男人的目光常常投向另外的女人（一些漂亮或性感的女人），于是她从扫兴到愤怒终至离开了那男人。这篇小说明显是嘲讽那个男人，相信他不懂得爱情和不忠于爱情。

但该小说作者的这一判断只有一半的可能是对的，只有一半的可能是，那个男人尚未走出一般动物的行列。另外一半的可能是，那个女人不懂爱情。首先她没弄清性与爱的分别，性是多指向的，而性的多指向未必不可以与爱的专一共存。其次她把自己仅仅放在了性的位置上，因为只有在这个位置上她与另外那些女人才是可比的。第三，那男人没有因为众多的性吸引而离开她，她可想过这是为什么吗？她显然没想过，因为倒是她仅仅为了性妒忌而离开了她的恋人或丈夫。

恋人们或夫妻们，应该承认性吸引的多向性，应该互相允许（公开或暗自）赞赏其他异性之魅力。但是！但是恋人们或夫妻们，可以承认和允许多向的性行为吗？不，当然不，至少我不，至少当今绝对多数的人都——不！这，是为什么？这是一个最严重也最有价值的问题。

五

毫无疑问，是因为爱情，因为必须维护爱情的神圣与纯洁，因为专一的爱情才受到赞扬。但是，这就有点儿奇怪，这就必然引出两个不能含混过去的问题：

一是，爱情既然是一种美好的情感，为什么要专一？为什么只能对一个人？为什么必须如此吝啬？为什么这吝啬或自私倒要受到赞扬，和被誉为神圣与纯洁？

二是，性吸引既然是多向的，为什么性行为不应该也是多向的？为什么性行为要受到限制，而且是以爱情（神圣与纯洁）的名义来限制？为什么对性的态度，竟是对爱情忠贞与否的（一个很重要的）证明？为什么多向的性吸引可与爱情共存，而多向的性行为便被视为对爱情的不忠？

六

先说第二个问题。

这不忠的观念，可能是源于早先的把爱情与婚姻、家庭混为一谈，源于婚姻、家庭所关涉的财产继承。所以这不忠，曾经主要是一个经济问题，现在则不过是旧观念的遗留问题。这不无道理。但，这么简单吗？那么在今天，爱情已不等同于婚姻、家庭，已常常与经济无涉，这不忠的观念是否就没有了基础就很快可以消逝了呢？或者这不忠的观念，仅仅是出于动物式的性争夺，在宽厚豁达和更为进步的人那儿已不存在？

我知道一位现代女性，她说只要她的丈夫是爱她的，她丈夫的性对象完全可以不限于她，她说她能理解，她说她自己并不喜欢这样但是她能理解她的丈夫，她说“只要他爱我，只要他仍然是爱我的，只要他对别人不是爱，他只爱我”。可是，当那男人真的有了另外的性对象而且这样的事情慢慢多起来时，这位现代女性还是陷入了痛苦。不，她并不推翻原来的说法，她的痛苦不是因为旧观念的遗留，更不是性嫉妒，而是一个始料未及的问题：“可我怎么能知道，他还是爱我的？”她说，虽然他对她一如既往，但是她忽然不知道为什么他还是爱她的。她不知道在他眼里和心中，她与另外那些女人有什么不同。她不知道为什么她不是与另外那些女人一样，也仅仅是他的一个性对象？她问：“什么能证明爱情？”一如既往的关心、体贴、爱护、帮助……这些就是爱情的证明吗？可这是母爱、父爱、友爱、兄弟姐妹之爱也可以做到的呀！但是爱情，需要证明，需要在诸多种爱的情感中独树一帜表明那不是别的那正是爱情！

什么，能证明爱情？

七

曾有某出版社的编辑，约我就爱情之题写一句话。我想了很久，写了：没有什么能够证明爱情，爱情是孤独的证明。

这句话很可能引出误解，以为就像一首旧民谣中所表达的愿望，爱情只是为了排遣寂寞。（那首旧民谣这样说：小小子儿，坐门墩儿，哭着喊着要媳妇儿。要媳妇儿干吗呀？点灯说话儿，吹灯就伴儿，早上起来梳小辫儿。）不，孤独并不是寂寞。无所事事你会感到寂寞，那么日理万机如何呢？你不再寂寞了但你仍可能孤独。孤独也不是孤单。门可罗雀你会感到孤单，那么门庭若市怎样呢？你不再孤单了但你依然可能感到孤独。孤独更不是空虚和百无聊赖。孤独的心必是充盈的心，充盈得要流溢出来要冲涌出去，便渴望有人呼应他、收留他、理解他。孤独不是经济问题也不是生理问题，孤独是心灵问题，是心灵间的隔膜与歧视甚或心灵间的战争与戕害所致。那么摆脱孤独的途径就显然不能是日理万机或门庭若市之类，必须是心灵间戕害的停止、战争的结束、屏障的拆除，是心灵间和平的到来。心灵间的呼唤与呼应、投奔与收留、袒露与理解，那便是心灵解放的号音，是和平的盛典是爱的狂欢。那才是孤独的摆脱，是心灵享有自由的时刻。

但是这谈何容易，谈何容易！

让我们记起人类社会是怎样开始的吧。那是从亚当和夏娃偷吃了禁果于是知道了善恶之日开始的，是从他们各自用树叶遮挡起生殖器官以示他们懂得了羞耻之时开始的。善恶观（对与错、好与坏、伟大与平庸与渺小等等），意味着价值和价值差别的出现。羞耻感（荣与辱，扬与贬，歌颂与指责与唾骂等等），则宣告了心灵间战争的酿成。这便是人类社会的独有标记，这便是原罪吧。从那时起，每个人的心灵都要走进千万种价值的审视、评判、褒贬，乃至误解中去（枪林弹雨一般），每个人便都不得不遮挡起肉体和灵魂的羞处，于是走进隔膜与防范，走进了孤独。但从那时起所有的人就都生出了一个渴望：走出孤独，回归乐园。

那乐园就是，爱情。

八

寻找爱情，所以不仅仅是寻找性对象，而根本是寻找乐园，寻找心灵的自由之地。这样看来，爱情是可以证明的了。自由可以证明爱情。自由或不自由，将证明那是爱情或者不是爱情。

自由的降临要有一种语言来宣告。文字已经不够，声音已经不够，自由的语言是自由本身。解铃还须系铃人。孤独是从遮掩开始的，自由就要从放弃遮掩开始。孤独是从防御开始的，自由就要从拆除防御开始。孤独是从羞耻开始的，自由就要从废除羞耻开始。孤独是从衣服开始，从规矩开始，从小心谨慎开始，从距离和秘密开始，那么自由就要从脱去衣服开始，从破坏规矩开始，从放浪不羁开始，从消灭距离和泄露秘密开始……（我想，相视如仇一定是爱的结束；相敬如宾呢，则可能还不曾有爱。）

性行为是一种语言。在爱人们那儿，袒露肉体已不仅仅是生理行为的揭幕，更是心灵自由的象征；炽烈地贴近已不单单是性欲的催动，更是心灵的相互渴望；狂浪的交合已不只是繁殖的手段，而是爱的仪式。爱的仪式不能是自娱，而必得是心灵间的呼唤与应答。爱的仪式，并不发生在一个与世隔绝的孤岛，爱的仪式是百年孤独中的一炬自由之火。在充满心灵战争的人间，唯这儿享有自由与和平。这儿施行与外界不同甚或相反的规则，这儿赞美赤身裸体，这儿尊敬神魂颠倒，这儿崇尚礼崩乐坏，这儿信奉敞开心扉。这就是爱的仪式。爱的表达。爱的宣告。爱的倾诉。爱之祈祷或爱之祭祀。

九

君王与嫔妃、嫖客与娼妓、爱人与爱人，其性行为之方式的相同点想必很多，那是由于身体的限制。但其性行为之方式的不同点肯定更多，因为，即便是相同的行动也都流溢着不同的表达，那是源自心灵的创造。

譬如哭，是忧伤还是矫情，一望可知。譬如笑，是欢欣还是敷衍，一望可知。譬如西门庆和查泰莱夫人的情人，其境界的大不同一读可知。这很像是人们用着相同的文字，而说着不同的话语。相同的文字大家都认得，不同的话语甚至不能翻译。

顺便想到：什么是淫荡呢？在不赞成禁欲的人看来，并没有淫荡的肉身，只有淫荡的心机。只要是爱的表达（譬如查泰莱夫人与其情人），一切礼崩乐坏的作为都是真理，并无淫荡可言。而若有爱之外的指向（譬如西门庆），再规范再八股的行动也算流氓。

十

性是爱的仪式，爱情有多么珍重，性行为就要多么珍重。好比，总不能在婚礼上奏哀乐吧，总不能为了收取祭品就屡屡为亲娘老子行葬礼吧。仪式，大约有着图腾的意味，是要虔敬的。改变一种仪式，意味着改变一种信念，毁坏一种仪式就是放弃一种相应的信念。性行为，可以是爱的仪式，当然也可以是不爱的告白。

这就是为什么，对性的态度，是对爱情忠贞与否的一个重要证明。这就是为什么，性要受到限制，而且是以爱情的名义。

爱情，不是自然事件，不是荒野上交媾的季节。爱情是社会事件，在亚当夏娃走出伊甸园之后发生，爱情是在相互隔膜的人群里爆发的一种理想，并非一种生理的分泌。所以性不能代替爱情。所以爱情包含性又大于性。

十一

再说第一个问题：爱情既然是美好的感情，为什么要专一为什么不该多向呢？为什么不该在三个以至一万个人之间实现这种感情呢？好东西难道不应该扩大倒应该缩小到只是一对一？多向的爱情，正可与多向的性吸引相和谐，多向的性行为何以不能仍然是爱的仪式呢？那岂不是在更大的范围里摆脱孤独吗？岂不是在更大的范围里敞开心扉，实现心灵的自由与和平吗？这难道不是更美好的局面？

不能说这不是一个美好的理想。这差不多与世界大同类似，而且不单是在物质享有上的大同。在我想来，这更具有理想的意味。至少，以抽象的逻辑而论，没有谁能说出这样的局面有什么不美和不好。若有不美和不好，则必是就具体的不能而言。问题就在这儿，不是不该，而是不能。不是理想的不该，不是逻辑的不通，也不是心性的不欲，而是现实的不能。

为什么不能？

非常奇妙：不能的原因，恰恰就是爱情的原因。简而言之：孤独创造了爱情，这孤独的背景，恰恰又是多向爱情之不能的原因。倘万众相爱可如情侣，孤独的背景就要消失，于是爱情的原因也将不在。孤独的背景即是我们生存的背景，这与悲观和乐观无涉，这是闭上眼睛也能感受到的事实，所以爱情应当珍重，爱情神圣。

倘有三人之恋，我看应当赞美，应当感动，应当颂扬。这与所谓第三者绝无相同，与群婚、滥交、纳妾、封妃更是天壤之别。唯其可能性微乎其微。更别说四。

十二

我知道有一位性解放人士，他公开宣称他爱着很多女人，不是友爱而是包含性且大于性的爱情，他的宣称不是清谈，他宣称并且实践。这实践很可能值得钦佩。但不幸，此公还有一个信条：诚实。（这原不需特别指出，爱情嘛，没有诚实还算什么？）于是苦恼就来了，他发现他走进了一个二律背反的处境：要保住众多爱情就保不住诚实，要保住诚实就保不住众多爱情。因为在他诚实了之后，众多的爱人都冲他嚷：要么你别爱我，要么你只爱我一个！于是他好辛苦：对A瞒着B，对B瞒着C，对C瞒着AB，对B瞒着AC……于是他好荒唐：本意是寻找自由与和平，结果却得到了束缚和战争；本意要诚实，结果却欺瞒；本意要爱，结果他好孤独。他说他好孤独，我想他已开始成人。他或者是从动物进化成人了，或者是从神仙下凡成人了，总之他看见了人的处境。这处境是：心与心的自由难得，肉与肉的自由易取。这可能是因为，心与心的差别远远大于肉与肉的差别，生理的人只分男女，心灵的人千差万别。这处境中自由的出路在哪儿？我想无非两路：放弃爱情，在欺瞒中去满足多向的性欲，麻醉掉孤独中的心灵；或做爱情的信徒，知道她非常有限，因而祈祷因而虔敬，不恶其少恶其不存，唯其存在，心灵才注满希望。

十三

不过真正的性解放人士，可能并不轻视爱，倒是轻视性。他们并不把性与爱联系在一起，不认为性有爱之仪式的意义，为什么吃不是爱的告白呢？性也不必是。性就是性如同吃就是吃，都只是生理的需要与满足，爱情嘛，是另一回事。这不失为一个聪明的主张。你可以有神圣的专注的爱情，同时也可以有随意的广泛的性行为，既然爱与性互不相等，何妨更明朗些，把二者彻底分割开来对待呢？真的，这不见得不是一个好主意，性不再有自身之外的意义，性就可以从爱情中解放出来，像吃饭一样随处可吃，不再引起其他纠葛了。但是，爱，还包含性吗？当然包含，爱人，为什么不能也在一块儿吃顿饭呢？爱情的重要是敞开心扉不是嘛，何须以敞开肉体作其宣布？敞开肉体不过是性行为一项难免的程序，在哪儿吃饭不得先有个碗呢？所以我看，这主张不是轻视了爱，而是轻视了性，倘其能够美满就真是人类的一次伟大转折。

但是这样，恐怕性又要失去光彩，被轻视的东西必会变得乏味，唾手可得的东西只能使人舒适不能令人激动，这道理相当简单，就像绝对的自由必会葬送自由的魅力。据说在性解放广泛开展的地方，同时广泛地出现着性冷漠，我信这是真的，这是必然。没有了心灵的相互渴望，再加上肉体的沉默（没有另外的表达），性行为肯定就像按时的服药了。假定这不重要，但是爱呢？爱情失去了什么没有？

爱情失去了一种最恰当的语言。这语言随处滥用，在爱的时候可还能表达什么呢？还怎么能表达这不同于吃饭和服药的爱情呢？正所谓“假作真时真亦假，无为有处有还无”了。爱情，必要有一种语言来表达，心灵靠它来认同，自由靠它来拓展，和平靠它来实现，没有它怎么行？而且它，必得是不同寻常的、为爱情所专用的。这样的语言总是要有的，不是性就得是其他。不管具体是什么，也一样要受到限制，不可滥用，滥用的结果不是自由而是葬送自由。

既然这样，作为爱的语言或者仪式，就没有什么别的东西能够优于性。因为，性行为的方式，天生酷似爱。其呼唤和应答，其渴求和允许，其拆除防御和解除武装，其放弃装饰和袒露真实，其互相敞开与贴近，其互相依靠与收留，其随心所欲与轻蔑规矩，其协力创造并共同享有，其极乐中忘记你我刹那间仿佛没有了差别，其一同赴死的感觉但又一起从死中回来，曾经分离但现在我们团聚，我们还要分离但我们还会重逢……这些形式都与爱同构。说到底，性之中原就埋着爱的种子，上帝把人分开成两半，原是为了让他们体会孤独并崇尚爱情吧。上帝把性和爱联系起来，那是为了，给爱一种语言或一个仪式，给性一个引导或一种理想。上帝让繁衍在这样的过程里面发生，不仅是为了让一个物种能够延续，更是为了让宇宙间保存住一个美丽的理想和美丽的行动。

十四

可为什么，性，常常被认为是羞耻的呢？我想了好久好久，现在才有点儿明白：禁忌是自由的背景，如同分离是团聚的前提。

这是一个永恒的悖论。

这是一切“有”的性质，否则是“无”。

我们无法谈论“无”，我们以“有”来谈论“无”。

我们无法谈论“死”，我们以“生”来谈论“死”。

我们无法谈论“爱情”，我们以“孤独”来谈论“爱情”。

一个永恒的悖论，就是一个永恒的距离，一个永恒孤独的现实。

永恒的距离，才能引导永恒的追寻；永恒孤独的现实，才能承载永恒爱情的理想。所以在爱的路途上，永恒的不是孤独也不是团聚，而是祈祷。

祈祷。

一切谈论都不免可笑，包括企图写一篇以《爱情问题》为题的文章。某一个企图写这样一篇文章的人，必会在其文章的结尾处发现：问题永远比答案多。除非他承认：爱情的问题即是爱情的答案。

一九九三年十二月二十八日

喜欢与爱

说真的，我并不喜欢我的家乡，可扪心而问，我的确又是爱它的。但愿前者不是罪行，后者也并非荣耀。大哲有言，“人是被抛到世界上来的”，故有权不喜欢某一处“被抛到”的地方。可我真又是多么希望家乡能变得让人喜欢呀，并愿为此付绵薄之力。

不过，我的确喜欢家乡的美食，可细想，我又真是不爱它。喜欢它，一是习惯了，二是它确实色香味俱佳。不爱它，是说我实在不想再为它做什么贡献；原因之一是它已然耗费了吾土吾民太多的财源和心力，二是它还破坏生态，甚至灭绝某些物种。

喜欢但是不爱，爱却又并不喜欢，可见喜欢与爱并不是一码事。喜欢，是看某物好甚至极好，随之而来的念头是：欲占有。爱，则多是看某物不好或还不够好，其实是盼望它好以至非常好，随之而得的激励是：愿付出。

尼采的“爱命运”也暗示了上述二者的不同。你一定喜欢你的命运吗？但无论如何你要爱它；既要以爱的态度对待你所喜欢的事物，也要以同样的态度对待你不喜欢的事物。大凡现实，总不会都让人喜欢，所以会有理想。爱是理想，是要使不好或不够好的事物好起来，便有“超人”的色彩。喜欢是满意、满足，甚至再无更高的期盼，一味地满意或满足者若非傻瓜，便是“末人”的征兆。

把喜欢当成爱，易使贪贼冒充爱者。以为爱你就不可以指责你，不能反对你，则会把爱者误认为敌人。所以，万不可将喜欢和爱强绑一处。对于高举爱旗——大到爱国，小到爱情——而一味颂扬和自吹自擂的人，凝神细看，定能见其贪图。

爱情也会有贪图吗？譬如傍大款的，哪个不自称是“爱情”？爱国者也可能有什么贪图吗？从古到今的贪官，有谁不说自己是“爱国者”？上述两类都不是爱而仅仅是喜欢，都没有“愿付出”而仅仅是“欲占有”。喜欢什么和占有什么呢？前者指向物利，后者还要美名。

爱情，追求喜欢与爱二者兼备。二者兼备实为难得的理想状态，爱情所以是一种理想。而婚姻，有互相的喜欢就行，喜欢淡去的日子则凭一纸契约来维系，故其已从理想的追求降格为法律的监管。美满家庭，一方面需要务实的家政——不容侵犯的二人体制和柴米油盐的经济管理，倘其乱套，家庭即告落魄，遂有解体之危；另一方面又要有务虚的理想或信仰——爱情，倘其削弱、消失或从来没有，家庭即告失魂，即便维持也是同床异梦。爱国的事呢，是否与此颇为相似？

不过，爱情的理想仅仅是两个人的理想吗？压根儿就生在孤岛上的一对男女，谈什么爱情呢？最多是相依为命。孤岛上的爱情，必有大陆或人群做背景——他们或者是一心渴望回归大陆，或者原就是为躲避人群的伤害。总之，唯在人群中，或有人群为其背景，爱情才能诞生，理想才能不死。仅有男女而无人群，就像只有种子而无阳光和土地。爱情，所以是博爱的象征，是大同的火种，是于不理想的现实中一次理想的实现，是“通天塔”的一次局部成功。爱情正如艺术，是“黑夜的孩子”，是“清晨的严寒”，是“深渊上的阶梯”，是“黑暗之子，等待太阳”。爱情如此，爱国也是这样啊，堂堂人类怎可让一条条国境线给搞糊涂呢！

良善家庭的儿女，从小就得到这样的教育：要关爱他人，要真诚对待他人，要善解人意，要虚心向别人学习……怎么长大了，一见国、族，倒常有相反的态度在大张旗鼓？还是没看懂“喜欢”与“爱”的区别吧。不爱人，只爱国，料也只是贪图其名，更实在的目的不便猜想。爱人，所以爱国，那也就不会借贬低邻人来张扬自己了——是这么个理儿吧？

二〇〇八年六月十五日

好运设计

要是今生遗憾太多，在背运的当儿，尤其在背运之后情绪渐渐平静了或麻木了，你独自待一会儿，抽支烟，不妨想一想来世。你不妨随心所欲地设想一下（甚至是设计一下）自己的来世。你不妨试试。在背运的时候，至少我觉得这不失为一剂良药——先可以安神，而后又可以振奋。就像输惯了的赌徒把屡屡的败绩置于脑后，输光了裤子也还是对下一局存着饱满的好奇和必赢的冲动。这没有什么不好。这有什么不好吗？无非是说迷信，好吧你就迷信他一回。无非是说这不科学，行，况且对于走运和背运的事实，科学本来无能为力。无非说这是空想，这是自欺，这是做梦，没用。那么希望有用吗？希望是不是必得在被证明了是可以达到的之后才能成立？当然，这些差不多都是废话，背了运的时候哪想得起来这么多废话？背了运的时候只是想走运有多么好，要是能走运有多好。到底会有多好呢？想想吧，想想没什么坏处，干吗不想一想呢？我就常常这样去想，我常常浪费很多时间去做这样的蠢事。

我想，倘有来世，我先要占住几项先天的优越：聪明、漂亮和一副好身体。命运从一开始就不公平，人一生下来就有走运的和不走运的。譬如说一个人很笨，生来就笨，这该怨他自己吗？然而由此所导致的一切后果却完全要由他自己负责——他可能因此在兄弟姐妹之中是最不被父母喜爱的一个，他可能因此常受老师的斥责和同学们的嘲笑，他于是更加自卑、更加委顿，饱受了轻蔑终也不知这事到底该怨谁。再譬如说，一个人生来就丑，相当丑，再怎么想办法去美容都无济于事，这难道是他的错误是他的罪过？不是。好，不是。那为什么就该他难得姑娘们的喜欢呢？因而婚事就变得格外困难，一旦有个漂亮姑娘爱上他却又赢得多少人的惊诧和不解；终于有了孩子，不要说别人就连他自己都希望孩子长得千万别像他自己。为什么就该他是这样呢？为什么就该他常遭取笑，常遭哭笑不得的外号，或者常遭怜悯，常遭好心人小心翼翼地对待呢？再说身体，有的人生来就肩宽腿长潇洒英俊（或者婀娜妩媚娉娉婷婷），生来就有一身好筋骨，跑得也快跳得也高，气力足耐力又好，精力旺盛，而且很少生病，可有的人却与此相反生来就样样都不如人。对于身体，我的体会尤甚。譬如写文章，有的人写一整天都不觉得累，可我连续写上三四个钟头眼前就要发黑。譬如和朋友们一起去野游，满心欢喜妙想联翩地到了地方，大家的热情正高雅趣正浓，可我已经累得只剩了让大家扫兴的份了。所以我真希望来世能有一副好身体。今生就不去想它了，只盼下辈子能够谨慎投胎，有健壮优美如卡尔·刘易斯一般的身材和体质，有潇洒漂亮如周恩来一般的相貌和风度，有聪明智慧如阿尔伯特·爱因斯坦一般的大脑和灵感。

既然是梦想不妨就让它完美些罢。何必连梦想也那么拘谨那么谦虚呢？我便如醉如痴并且极端自私自利地梦想下去。

降生在什么地方也是件相当重要的事。二十年前插队的时候，我在偏远闭塞的陕北乡下，见过不少健康漂亮尤其聪慧超群的少年，当时我就想，他们要是生在一个恰当的地方他们必都会大有作为，无论他们做什么他们都必定成就非凡。但在那穷乡僻壤，吃饱肚子尚且是一件颇为荣耀的成绩，哪还有余力去奢想什么文化呢？所以他们没有机会上学，自然也没有书读，看不到报纸电视甚至很少看得到电影，他们完全不知道外面的世界是什么样子，便只可能遵循了祖祖辈辈的老路，日出而作日入而息，春种秋收夏忙冬闲，日复一日年复一年。光阴如常地流逝，然后他们长大了，娶妻生子成家立业，才华逐步耗尽变作纯朴而无梦想的汉子。然后，可以料到，他们也将如他们的父辈一样地老去，唯单调的岁月在他们身上留下注定的痕迹，而人为什么要活这一回呢？却仍未在他们苍老的心里成为问题。然后，他们恐惧着、祈祷着、惊慌着听命于死亡随意安排。再然后呢？再然后倘若那地方没有变化，他们的儿女们必定还是这样地长大、老去、磨钝了梦想，一代代去完成同样的过程。或许这倒是福气？或许他们比我少着梦想所以也比我少着痛苦？他们会不会也设想过自己的来世呢？没有梦想或梦想如此微薄的他们又是如何设想自己的来世呢？我不知道。我不知道。我只希望我的来世不要是他们这样，千万不要是这样。

那么降生在哪儿好呢？是不是生在大城市，生在个贵府名门就肯定好呢？父亲是政绩斐然的总统，要不是个家藏万贯的大亨，再不就是位声名赫赫的学者，或者父母都是不同寻常的人物，你从小就在一个备受宠爱备受恭维的环境中长大，呈现在你面前的是无忧无虑的现实，绚烂辉煌的前景，左右逢源的机遇，一帆风顺的坦途……不过这样是不是就好呢？一般来说这样的境遇也是一种残疾，也是一种牢笼。这样的境遇经常造就着蠢材，不蠢的概率很小，有所作为的比例很低，而且大凡有点儿水平的姑娘都不肯高攀这样的人；固然他们之中也有智能超群的天才，也有过大有作为的人物，也出过明心见性的悟者，但毕竟概率很小比例很低。这就有相当大的风险，下辈子务必慎重从事，不可疏忽大意不可掉以轻心，今生多舛来生再受不住是个蠢材了。

生在穷乡僻壤，有孤陋寡闻之虞，不好。生在贵府名门，又有骄狂愚妄之险，也不好。

生在一个介于此二者之间的位置上怎么样？嗯，可能不错。

既知晓人类文明的丰富璀璨，又懂得生命路途的坎坷艰难，这样的位置怎么样？嗯，不错。

既了解达官显贵奢华而危惧的生活，又体会平民百姓清贫而深情的岁月，这位置如何？嗯！不错，好！

既有博览群书并入学府深造的机缘，又有浪迹天涯独自在社会上闯荡的经历；既能在关键时刻得良师指点如有神助，又时时事事都要靠自己努力奋斗绝非平步青云；既饱尝过人情友爱的美好，又深知了世态炎凉的正常，故而能如罗曼·罗兰所说“看清了这个世界，而后爱它。”——这样的位置可好？好。确实不错。好虽好，不过这样的位置在哪儿呢？

在下辈子。在来世。只要是好，咱可以设计。咱不慌不忙仔仔细细地设计一下吧。我看没理由不这样设计一下。甭灰心，也甭沮丧，真与假的说道不属于梦想和希望的范畴，还是随心所欲地来一回“好运设计”吧。

你最好生在一个普通知识分子的家庭。

也就是说，你父亲是知识分子但千万不要是那种炙手可热过于风云的知识分子，否则，“贵府名门”式的危险和不幸仍可能落在你头上：你将可能没有一个健全、质朴的童年，你将可能没有一群浪漫无猜的伙伴，你将会错过唯一可能享受到纯粹的友情、感受到圣洁的忧伤的机会，而那才是童年，才是真正的童年。一个人长大了若不能怀恋自己童年的痴拙，若不能默然长思或仍耿耿于怀孩提时光的往事，当是莫大的缺憾；对于我们的“好运设计”，则是个后患无穷的错误。你应该有一大群来自不同家庭的男孩儿和女孩儿做你的朋友，你跟他们一块儿认真地吵架并且翻脸，然后一块儿哭着和好如初。把你的秘密告诉他们，把他们告诉给你的秘密对任何人也不说。你们定一个暗号，这暗号一经发出你们一个个无论正在干什么也得从家里溜出来，密谋一桩令大人们哭笑不得的事件。当你父母不在家的时候，随便找个理由把你的好朋友都叫来——比如说为了你的生日或为了离你的生日还差一个多月，你们痛痛快快随心所欲地折腾一天，折腾饿了就把冰箱里能吃的东西都吃光，然后继续载歌载舞地庆祝，直到不小心把你父亲的一件贵重艺术品摔成分文不值，你们的汗水于是被冻僵了一会儿，但这是个机会是你为朋友们献身的时刻，你脸色煞白但拍拍胸脯说这怕什么这没啥了不起，随后把朋友们都送走，你独自胆战心惊地策划一篇谎言（要是你家没有猫，你记住：邻居家不一定都没有猫）。你还可以跟你的朋友们一起去冒险，到一个据说最可怕的地方，比如离家很远的一片野地、一幢空屋、一座孤岛、孤岛上废弃的古刹、古刹四周阴森零落的荒冢……都是可供选择的地方。你从自己家的抽屉里而不要从别人家的抽屉里拿点钱，以备不时之需；你们瞒过父母，必要的话还得瞒过姐姐或弟弟；你们可以不带那些女孩子去，但如果她们执意要跟着也就别无选择，然后出发，义无反顾。把你的新帽子扯破了新鞋弄丢了一只这没关系，把膝盖碰出了血把白衬衫上洒了一瓶紫药水这没关系，作业忘记做了还在书包里装了两只活蛤蟆一只死乌鸦这都毫无关系，你母亲不会怪你，因为当晚霞越来越淡继而夜色越来越重的时候，你父亲也沉不住气了，他正要动身去报案，你们突然都回来了，累得一塌糊涂但毕竟完整无缺地回来了，你母亲庆幸还庆幸不过来呢还会再存什么别的奢望吗？“他们回来啦，他们回来啦！”仿佛全世界都和平解放了，一群平素威严的父亲都乖乖地跑出来迎接你们，同样多的一群母亲此刻转忧为喜光顾得摩挲你们的脸蛋和亲吻你们的脑门儿：“你们这是上哪儿去了呀，哎哟天哪，你们还知道回来吗？！”你就大模大样地躺在沙发上呼吃唤喝，“累死了，哎呀真是累死了！”——你就这样，没问题，再讲点莫须有的惊险故事既吓唬他们也陶醉自己，你就得这样，只要这样，一切帽子、裤子、鞋、作业和书包、活蛤蟆以及死乌鸦，就都微不足道了。（等你长到我这样的年龄时，你再告诉他们那些惊险的故事都是你为了逃避挨揍而获得的灵感，那时你年老的父母肯定不会再补揍你一顿，而仍可能摩挲你的脸甚至吻你的脑门儿了。）但重要的是，这次冒险你无论如何得安全地回来——就像所有的戏剧还没打算结束时所需要的那样，否则接下去的好运就无法展开了。不错，你的童年就应该是这样的，就应该按照这样的思路去设计，一个幸运者的童年就得是这样。我的纸写不下了，待实施的时候应该比这更丰富多彩。比如你还可颇具分寸地惹一点小祸，一个幸运的孩子理应惹过一点小祸，而且理应遇到过一些困难，遇到过一两个骗子、一两个坏人、一两个蠢货和一两个不会发愁而很会说笑话的人。一个幸运的孩子应该有点儿野性。当然你的父亲是个地地道道的知识分子，因为一个幸运的人必须从小受到文化的熏陶，野到什么份儿上都不必忧虑但要有机会使你崇尚知识，之所以把你父亲设计为知识分子，全部的理由就在于此。

你的母亲也要有知识，但不要像你父亲那样关心书胜过关心你。也不要像某些愚蠢的知识妇女，料想自己功名难就，便把一腔希望全赌在了儿女身上，生了个女孩儿就盼她将来是个居里夫人，养了个男娃就以为是养了个小贝多芬。这样的母亲千万别落到咱头上，你不听她的话你觉得对不起她，你听了她的话你会发现她对不起你。她把你像幅名画似的挂在墙上后退三步眯起眼睛来观赏你，把你像颗话梅似的含在嘴里颠来倒去地品味你，你呢？站在那儿吱吱嘎嘎地折磨一把挺好的小提琴，长大了一想起小提琴就发抖，要不就是没日没夜地背单词背化学方程式，长大了不是傻瓜就是暴徒。你的母亲当然不是这样。有知识不是有文凭，你的母亲可以没有文凭。有知识不是被知识霸占，你的母亲不是知识的奴隶。有知识不能只是有对物的知识，而是得有对人的了悟。一个幸运者的母亲必然是一个幸运的母亲、一个明智的母亲、一个天才的母亲，她自打当了母亲她就得了灵感，她教育你的方法不是来自于教育学，而是来自她对一切生灵乃至天地万物由衷的爱，由衷的战栗与祈祷，由衷的镇定和激情。在你幼小的时候她只是带着你走，走在家里，走在街上，走到市场，走到郊外，她难得给你什么命令，从不有目的地给你一个方向，走啊走啊你就会爱她，走啊走啊，你就会爱她所爱的这个世界。等你长大了，她就放你到你想要去的地方去，她深信你会爱这个世界，至于其他她不管，至于其他那是你的自由你自己负责，她只有一个愿望，就是你能常常回来，你能有时候回来一下。

在你两三岁的时候你就光是玩儿，成天就是玩儿，别着急背诵《唐诗三百首》和弄通百位数以内的加减法，去玩儿一把没有钥匙的锁和一把没有锁的钥匙，去玩儿撒尿和泥，然后用不着洗手再去玩儿你爷爷的胡子。到你四五岁的时候你还是玩儿，但玩儿得要高明一点了，在你母亲的皮鞋上钻几个洞看看会有什么效果，往你父亲的录音机里撒把沙子听听声音会不会更奇妙。上小学的时候，我看你门门功课都得上三四分就够了，剩下的时间去做些别的事，以便让你父母有机会给人家赔几块玻璃。一上中学尤其一上高中，所有的熟人几乎都不认识你了，都得对你刮目相看：你在数学比赛上得奖，在物理比赛上得奖，在作文比赛上得奖，在外语比赛上你没得奖但事后发现那不过是老师的一个误判。但这都并不重要，这些奖啊并不足以构成你的好运，你的好运是说你其实并没花太多时间在功课上，你爱好广泛，多能多才，奇想迭出，别人说你不务正业你大不以为然，凡兴趣所至仍神魂聚注若癫若狂。

你热爱音乐，古典的交响乐，现代的摇滚乐，温文尔雅的歌剧清唱剧，粗犷豪放的民谣村歌，乃至悠婉凄长的叫卖，孤零萧瑟的风声，温馨闲适的节日的音讯，你都听得心醉神迷，听得怆然而沉寂，听出激越和威壮，听到玄缈空冥，你真幸运，生存之神秘注入你的心中使你永不安规守矩。

你喜欢美术，喜欢画作，喜欢雕塑，喜欢异彩纷呈的烧陶，喜欢古朴稚拙的剪纸，喜欢在渺无人迹的原野上独行，在水阔天空的大海里驾舟，在山林荒莽中跋涉，看大漠孤烟，看长河落日，看鸥鸟纵情翱飞，看老象坦然赴死。你从色彩感受生命，由造型体味空间，在线条上嗅出时光的流动，在连接天地的方位发现生灵的呼喊。你是个幸运的人因为你真幸运，你于是匍匐在自然造化的脚下，奉上你的敬畏与感恩之心吧，同时上苍赐予你不屈不尽的创造情怀。

你幸运得简直令人嫉妒，因为体育也是你的擅长。九秒九一，懂吗？两小时五分五十九秒，懂吗？就是说，从一百米到马拉松不管多长的距离没有人能跑得过你；两米四十五,八米九十一，知道这是什么意思吗？就是说没人比你跳得高也没人比你跳得远；突破二十三米、八十米、一百米，就是说，铅球也好铁饼也好标枪也好，在投掷比赛中仍然没有你的对手。当然这还不够，好运气哪有个够呢？差不多所有的体育项目你都行：游泳、滑雪、溜冰、踢足球、打篮球，乃至击剑、马术、射击，乃至铁人三项……你样样都玩儿得精彩、洒脱、漂亮。你跑起来浑身的肌肤像波浪一样滚动，像旗帜一般飘展；你跳起来仿佛土地也有了弹性，空中也有着依托；你劈波戏水，屈伸舒卷，鬼没神出；在冰原雪野，你翻转腾挪，如风驰电掣；生命在你那儿是一个节日，是一个庆典，是一场狂欢……那已不再是体育了，你把体育变得不仅仅是体育了，幸运的人，那是舞蹈，那是人间最自然最坦诚的舞蹈，那是艺术，是上帝选中的最朴实最辉煌的艺术形式。这时连你在内，连你的肉体你的心神，都是艺术了，你这个幸运的人，世界上最幸运的人，偏偏是你被上帝选作了美的化身。

接下来你到了恋爱的季节。你十八岁了，或者十九或者二十岁了。这时你正在一所名牌大学里读书，读一个最令人仰慕的系最令人敬畏的专业，你读得出色，各种奖啊又闹着找你。现在你的身高已经是一米八八，你的喉结开始突起，嘴唇上开始有了黑色但还柔软的胡须，就是在这时候你的嗓音开始变得浑厚迷人，就是在这时候你的百米成绩开始突破十秒，你的动静坐卧举手投足都流溢着男子汉的光彩……总之，由于我们已经设计过的诸项优点或说优势，明显地追逐你的和不露声色地爱慕着你的姑娘们已是成群结队，你经常在教室里看见她们异样的目光，在食堂里听出她们对你嘁嘁喳喳的议论，在晚会上她们为你的歌声所倾倒，在运动会上她们被你的身姿所激动而忘情地欢呼雀跃，但你一向只是拒绝，拒绝，婉言而真诚地拒绝，善意而巧妙地逃避，弄得一些自命不凡的姑娘们委屈地流泪。但是有一天，你在运动场上正放松地慢跑，你忽然看见一个陌生的姑娘也在慢跑，她的健美一点不亚于你，她修长的双腿和矫捷的步伐一点不亚于你，生命对她的宠爱、青春对她的慷慨这些绝不亚于你，而她似乎根本没有发现你，她顾自跑着目不斜视，仿佛除了她和她的美丽这世界上并不存在其他东西，甚至连她和她的美丽她也不曾留意，只是任其随意流淌，任其自然地涌荡。而你却被她的美丽和自信震慑了，被她的优雅和茁壮惊呆了，你被她的倏然降临搞得心恍神惚手足无措。（我们同样可以为她也做一个"好运设计"，她是上帝的一个完美的作品，为了一个幸运的男人这世界上显然该有一个完美的女人，当然反过来也是一样。）于是你不跑了，伏在跑道边的栏杆上忘记了一切，光是看她。她跑得那么轻柔，那么从容，那么飘逸，那么灿烂。你很想冲她微笑一下向她表示一点敬意，但她并不给你这样的机会，她跑了一圈又一圈却从来没有注意到你，然后她走了。简单极了，就是说她跑完了该走了，就走了。就是说她走了，走了很久而你还站在原地。就是说操场上空空旷旷只剩了你一个人，你头一回感到了惆怅和孤零——她不知道你是谁，你也不知道她从哪儿来。但你把她记在了心里。但幸运之神仍然和你在一起。此后你又在图书馆里见到过她，你费尽心机总算弄清了她在哪个系。此后你又在游泳池里见到过她，你拐弯抹角从别人那儿获悉了她的名字。此后你又在滑冰场上见到过她，你在她周围不露声色地卖弄你的千般技巧万种本事，终于引起了她的注意。此后你又在领奖台上和她站到过一起，这一回她对你笑了笑使你一生再也没能忘记。此后你又在朋友家里和她一起吃过一次午饭（你和你的朋友为此蓄谋已久），这下你们到底算认识了，你们谈了很多，谈得融洽而且热烈。此后不是你去找她，就是她来找你，春夏秋冬，不是她来找你就是你去找她，春夏秋冬……总之，总而言之，你们终成眷属；你是一个幸运的人——至少我们的“幸运设计”是这样说的——所以你万事如意。

也许你已经注意到了，我们的“好运设计”至此显得有些潦草了。是的。不过绝不是我们无能把它搞得更细致、更完善、更浪漫、更迷人，而是我忽然有了一点疑虑，感到了一点困惑，有一道淡淡的阴影出现了并正在向我们靠近，但愿我们能够摆脱它，能够把它消解掉。

阴影最初是这样露头的：你能在一场如此称心、如此顺利、如此圆满的爱情和婚姻中饱尝幸福吗？也就是说，没有挫折，没有坎坷，没有望眼欲穿的企盼，没有撕心裂肺的煎熬，没有痛不欲生的痴癫与疯狂，没有万死不悔的追求与等待，当成功到来之时你会有感慨万端的喜悦吗？在成功到来之后还会不会有刻骨铭心的幸福？或者，这喜悦能到什么程度？这幸福能被珍惜多久？会不会因为顺利而冲淡其魅力？会不会因为圆满而阻塞了渴望，而限制了想象，而丧失了激情，从而在以后漫长的岁月中只是遵从了一套经济规律、一种生理程序、一个物理时间，心路却已荒芜，然后是腻烦，然后靠流言蜚语排遣这腻烦，继而是麻木，继而用插科打诨加剧这麻木——会不会？会不会是这样？地球如此方便如此称心地把月亮搂进了自己的怀中，没有了阴晴圆缺，没有了潮汐涨落，没有了距离便没有了路程，没有了斥力也就没有了引力，那是什么呢？很明白，那是死亡。当然一切都在走向那里，当然那是一切的归宿，宇宙在走向热寂。但此刻宇宙正在旋转，正在飞驰，正在高歌狂舞，正借助了星汉迢迢，借助了光阴漫漫，享受着它的路途，享受着坍塌后不死的沉吟，享受着爆炸后辉煌的咏叹，享受着追寻与等待，这才是幸运，这才是真正的幸运，恰恰死亡之前这波澜壮阔的挥洒，这精彩纷呈的燃烧才是幸运者得天独厚的机会。你是一个幸运者，这一点你要牢记。所以你不能学那凡夫俗子的梦想，我们也不能满意这晴空朗日水静风平的设计。所谓好运，所谓幸福，显然不是一种客观的程序，而完全是心灵的感受，是强烈的幸福感罢了。幸福感，对了。没有痛苦和磨难你就不能强烈地感受到幸福，对了。那只是舒适只是平庸，不是好运不是幸福，这下对了。

现在来看看，得怎样调整一下我们的“设计”，才能甩掉那道不祥的阴影，才能远远地离开它。也许我们不得不给你加设一点小小的困难，不太大的坎坷和挫折，甚至是一些必要的痛苦和磨难，为了你的幸福不致贬值我们要这样做，当然，会很注意分寸。

仍以爱情为例。我们想是不是可以这样：一开始，让你未来的岳父岳母对你们的恋爱持反对态度，他们不大看得上你，包括你未来的大舅子、小姨子、大舅子的夫人和小姨子的男朋友等等一干人马都看不上你。岳父说要是这样他宁可去死。岳母说要是这样她情愿少活。大舅子于是奉命去找了你们单位的领导说你破坏了一个美满的家庭。小姨子流着泪劝她的姐姐三思再三思，爹有心脏病娘有高血压。岳父便说他死不瞑目。岳母说她死后做鬼也不饶过你们。你是个幸运的人你真没看错那个姑娘，她对你一往情深始终不渝，她说与其这样不如她先于他们去死，但在死前她有必要提个问题："请问他哪点不如你们？请问他有哪点不好？"是呀，他哪点不好呢？你，是说你，你有哪点不好呢？不仅这姑娘的父母无言以对，就连咱们也无以作答。按照已有的设计，你好像没有哪点不好，你简直无懈可击，那两个老人倘不是疯子不是傻瓜不是心理变态，他们为什么会反对你成为他们的女婿呢？所以对此得做一点修改，你不能再是一个完人，你得至少有一个弱点，甚至是一种很要紧的缺欠，一种大凡岳父岳母都难以接受的缺欠，然后你在爱情的鼓舞下，在那对蛮横老人颇合逻辑的蔑视的刺激下，痛下决心破釜沉舟发奋图强历尽艰辛终于大功告成终于光彩照人终于震撼了那对老人，令他们感动令他们愧悔于是心悦诚服地承认了你这个女婿，你热泪盈眶欣喜若狂忽然发现天也是格外地蓝地球也是出奇地圆柔情似水佳期如梦幸福地久天长……是不是得这样呢？得这样。大概是得这样。

什么样的缺欠呢？你看给你设计什么样的缺欠比较适合？

笨？不不，这不行，笨很可能是一件终生的不幸，几乎不是努力可以根本克服的，此一点应坚决予以排除。

丑呢？不，丑也不行，丑也是无可挽回的局面，弄不好还会殃及后代，不行，这肯定不行。

无知呢，行不行？不，这比笨还不如，绝对的（或相当严重的）无知与白痴没什么区别；而相对的无知又不是一项缺欠，我们每个人都是这样。

你总得做一点让步嘛。譬如说木讷一点，古板一点行吗？缺乏点活力，缺乏点朝气，缺乏点个性，缺乏点好奇心，譬如说这样，行吗？噢，你居然还在问“行吗”，再糟糕不过！接下来你会发现他还缺乏勇气，缺乏同情，缺乏感觉，遇事永远不会激动，美好不能使其赞叹，丑恶也不令其憎恶，他既不懂得感动也不懂得愤怒，他不怎么会哭又不大会笑，这怎么能行？他还是活的吗？他还能爱吗？他还会为了爱而痛苦而幸福吗？不行。

那么狡猾一点可以吗？狡猾，唉，其实人们都多多少少地有那么一点狡猾，这虽不是优点但也不必算作缺点，凡要在这世界上生存下去的种类，有点儿狡猾也是在所难免。不过有一点需要明确：若是存心算计别人、不惜坑害别人的狡猾可不行。那样的人我怕大半没什么好下场。那样的人同样也不会懂得爱（他可能了解性，但他不懂得爱，他可能很容易猎获性器的快感，但他很难体验性爱的陶醉，因为他依靠的不是美的创造而仅仅是对美的赚取），况且这样的人一般来说都没什么真正的才华和魅力，否则也无需选用了狡猾。不行。无论从哪个角度想，狡猾都不行。

要不，有一点病？噢老天爷，千万可别，您饶了我吧，无论如何帮帮忙，下辈子万万不能再有病了，绝对不能。咱们辛辛苦苦弄这个

“好运设计”因为什么您知道不？是的您应该知道，那就请您再别提病，一个字也别再提。

只是有一点小病呢？小病也不行，发烧感冒拉肚子？不不，这没用，有点儿小病不构成对什么人的威胁，也不能如我们所期望的那样最终使你的幸福加倍，有也是白有。但这绝不是说你没病则已，有就有他一种大病，不不！绝没有这个意思；你必须要明白，在任何有期徒刑（注意：有期）和有一种大病之间，要是你非得做出选择不可的话，你要选择前者，前者！对对，没有商量的余地。

要是你得了一种大病，别急，听我说完，得了一种足以使你日后的幸福升值的大病，而这病后来好了，完全好了，这怎么样？唔，这倒值得考虑。你在病榻上躺了好几年，看见任何一个健康的人你都羡慕，你想你是他们中间的任何一个你都知足，然后你的病好了，完好如初，这怎么样？说下去。你本来已经绝望了，你想即便不死未来的日子也是无比暗淡，你想与其这样倒不如死了痛快，就在这时你的病情突然有了转机。说下去。在那些绝望的白天和黑夜，你祷告许愿，你赌咒发誓，只要这病还能好，再有什么苦你都不会觉得苦再有什么难你也不会觉得难，一文不名呀，一贫如洗呀，这都有什么关系呢？你将爱生活，爱这个世界，爱这个世界上所有的人……这时，就在这时奇迹发生了，一个奇迹使你完全恢复了健康，你又是那么精力旺盛健步如飞了，这样好不好？好极了，再往下说。你本来想只要还能走就行，可你现在又能以九秒九一的速度飞跑了；你本来想要是再能跳就好了，可你现在又可以跳过二米四五了；你本来想只要还能独立生活就够了，可现在你的用武之地又跟地球一样大了；你本来想只要还能算个人不至于把谁吓跑就谢天谢地了，可现在喜欢你的好姑娘又是数不胜数铺天盖地而来了。往下说呀，别含糊，说下去。当然你痴心不改——这不是错误，大劫大难之后人不该失去锐气，不该失去热度，你镇定了但仍在燃烧，你平稳了却更加浩荡，你依然爱着那个姑娘爱得山高海深不可动摇，这时候你未来的老丈人老丈母娘自然也不会再反对你们的结合了，不仅不反对而且把你看作是他们的光彩是他们的荣耀是他们晚年的福气是他们九泉之下的安慰。此刻你是多么幸福，你同你所爱的人在一起，在蓝天阔野中跑，在碧波白浪中游，你会是怎样地幸福！现在就把前面为你设计的那些好运气都搬来吧，现在可以了，把它们统统搬来吧，劫难之后失而复得，现在你才真正是一个幸福的人了。苦尽甜来，对，这才是最为关键的好运道。

苦尽甜来，对，只要是苦尽甜来其实怎么都行，生生病呀，失失恋呀，要要饭呀，挨挨揍呀（别揍坏了），被抄抄家呀，坐坐冤狱呀，只要能苦尽甜来其实都不是坏事。怕只怕苦也不尽，甜也不来。其实都用不着甜得很厉害，只要苦尽也就够了。其实都用不着什么甜，苦尽了也就很甜了。让我们为此而祈祷吧。让我们把这作为一条基本原则，无论如何写进我们的“好运设计”中去吧，无论如何安排在头版头条。

问题是，苦尽甜来之后又怎样呢？苦尽甜来之后又当如何？哎哟，那道阴影好像又要露头。苦尽甜来之后要是你还没死，以后的日子继续怎样过呢？我们应当怎样继续为你设计好运呢？好像问题还是原来的问题，我们并没能把它解决。当然现在你可以不断地忆苦思甜，不断地知足常乐，我们也完全可以把你以后的生活设计得无比顺利，但这样下去我们是不是绕了一圈又回到那不祥的阴影中去了？你将再没有企盼了吗？再没有新的追求了吗？那么你的心路是不是又要荒芜，于是你的幸福感又要老化、萎缩、枯竭了呢？是的，肯定会是这样。幸福感不是能一次给够的，一次幸福感能维持多久这不好计算，但日子肯定比它长，比它长的日子却永远要依靠着它。所以你不能失去距离，不能没有新的企盼和追求，你一时失去了距离便一时没有了路途，一时没有了企盼和追求便一时失去了兴致和活力，那样我们势必要前功尽弃，那道阴影必会不失时机地又用无聊、用乏味、用腻烦和麻木来纠缠你，来恶心你，同时葬送我们的“好运设计”。当然我们不会答应。所以我们仍要为你设计新的距离，设计不间断的企盼和追求。不过这样你就仍然要有痛苦，一直要有。是的是的，一时没有了痛苦的衬照便一时没有了幸福感。

真抱歉，我们没想到会是这样。我们一向都是好意，想使你幸福，想使你在来世频交好运，没想到竟还得不断地给你痛苦。那道讨厌的阴影真是把咱们整惨了。看看吧，看看是否还有办法摆脱它。真对不起，至少我先不吹牛了，要是您还有兴趣咱们就再试试看，反正事已至此，我想也不必草草率率地回心转意。看在来世的分儿上，就再试试吧。

看来，在此设计中不要痛苦是不大可能了。现在就只剩了一条路：使痛苦尽量小些，小到什么程度并没有客观的尺度，总归小到你能不断地把它消灭就行了。就是说，你能够不断地克服困难，你能够不断地跨越距离，你能够不断地实现你的愿望，这就行了。痛苦可以让它不断地有，但你总是能把它消灭，这就行了，这样你就巧妙地利用了这些混账玩意儿而不断地得到幸福感了。只要这样行，接下来的事由我们负责。我们将根据以上要求为你设计必要的才能，必要的机运，必要的心理素质、意志品质，以及必要的资金、器械、设施、装备，乃至大夫护士、贤妻良母、孝子乖孙等等一系列优秀的后勤服务。总之，这些我们都能为你设计，只要一个人永远是个胜利者这件事是可能的，只要无论什么样的痛苦总归是能被消灭的这件事是可能的，只要这样，我们的“好运设计”就算成了。只好也就这样了，这样也就算成了。

不过，这是不是可能的？你见没见过永远的胜利者？好吧，没见过并不说明这是不可能的，没见过的我们也可以设计。你，譬如说你就是一个永远的胜利者，那么最终你会碰见什么呢？死亡。对了，你就要碰见它，无论如何我们没法使你不碰见它，不感到它的存在，不意识到它的威胁。那么你对它有什么感想？你一生都在追求，一直都在胜利，一向都是幸福的，但当死亡来临的时候你想你终于追求到了什么呢？你的一切胜利到底都是为了什么呢？这时你不沮丧，不恐惧，不痛苦吗？你从来没碰到过不可逾越的障碍，从来没见过不可消除的痛苦，你就像一个被上帝惯坏了的孩子，从来不知道什么叫失败，从来没遭遇过绝境，但死神终于驾到了，死神告诉你这一次你将和大家一样不能幸免，你的一切优势和特权（即那“好运设计”中所规定的）都已被废黜，你只可俯首帖耳听凭死神的处置，这时候你必定是一个最痛苦的人，你会比一生不幸的人更痛苦（他已经见到了的东西你却一直因为走运而没机会见到），命运在最后跟你算总账了（它的账目一向是收支平衡的），它以一个无可逃避的困境勾销你的一切胜利，它以一个不容置疑的判决报复你的一切好运，最终不仅没使你幸福反而给你一个你一直有幸不曾碰到的——绝望。绝望，当死亡到来之际这个绝望是如此的货真价实，你甚至没有机会考虑一下对付它的办法了。

怎么办？你怎么办？我们怎么办？你说事情不会是这样，你的胜利依旧还是胜利，它会造福于后人；你的追求并没有白费，它将为后人铺平道路；而这就是你的幸福，所以你不会沮丧不会痛苦你至死都会为此而感到幸福。这太好了，一个真正的幸运者就应该有这样的胸怀有如此高尚的情操——让我们暂时忘记我们只是在为自己设计好运吧，或者让我们暂时相信所有的人都能够享有同样的好运吧——一个幸运者只有这样才能最终保住自己的好运，才能使自己最终得享平安和幸福。但是——但是！就算我们没有发现您的不诚实，一个如您这般聪明高尚的人总该知道您正在把后人的路铺向哪儿吧？铺到哪儿才算成功了呢？铺到所有的人都幸福都没了痛苦的地方？那么他们不是又将面对无聊了吗？当他们迎候死亡时不是就不能再像您这样，以“为后人铺路”而自豪而高尚而心安理得了吗？如果终于不能使所有的人都幸福都没了痛苦，您的高尚不就成了一场骗局您的胜利又怎么能胜得过阿Q呢？我们处在了两难境地。如果您再诚实点儿，事情可能会更难办：人类是要消亡的，地球是要毁灭的，宇宙在走向热寂。我们的一切聪明和才智、奋斗和努力、好运和成功到底有什么价值？有什么意义？我们在走向哪儿？我们再朝哪儿走？我们的目的何在？我们的欢乐何在？我们的幸福何在？我们的救赎之路何在？我们真的已经无路可走真的已入绝境了吗？

是的，我们已入绝境。现在你就是对此不感兴趣都不行了，你想糊弄都糊弄不过去了，你曾经不是傻瓜你如今再想是也晚了，傻瓜从一开始就不对我们这个设计感兴趣，而你上了贼船，这贼船已入绝境，你没处可退也没处可逃。情况就是这样。现在我们只占着一项便宜，那就是死神还没驾到，我们还有时间想想对付绝境的办法，当然不是逃跑，当然你也跑不了。其他的办法，看看，还有没有。

过程。对，过程，只剩了过程。对付绝境的办法只剩它了。不信你可以慢慢想一想，什么光荣呀，伟大呀，天才呀，壮烈呀，博学呀，这个呀那个呀，都不行，都不是绝境的对手，只要你最最关心的是目的而不是过程你无论怎样都得落入绝境，只要你仍然不从目的转向过程你就别想走出绝境。过程——只剩了它了。事实上你唯一具有的就是过程。一个只想（只想！）使过程精彩的人是无法被剥夺的，因为死神也无法将一个精彩的过程变成不精彩的过程，因为坏运也无法阻挡你去创造一个精彩的过程，相反你可以把死亡也变成一个精彩的过程，相反坏运更利于你去创造精彩的过程。于是绝境溃败了，它必然溃败。你立于目的的绝境却实现着、欣赏着、饱尝着过程的精彩，你便把绝境送上了绝境。梦想使你迷醉，距离就成了欢乐；追求使你充实，失败和成功都是伴奏；当生命以美的形式证明其价值的时候，幸福是享受，痛苦也是享受。现在你说你是一个幸福的人你想你会说得多么自信，现在你对一切神灵鬼怪说谢谢你们给我的好运，你看看谁还能说不。

过程！对，生命的意义就在于你能创造这过程的美好与精彩，生命的价值就在于你能够镇静而又激动地欣赏这过程的美丽与悲壮。但是，除非你看到了目的的虚无你才能够进入这审美的境地，除非你看到了目的的绝望你才能找到这审美的救助。但这虚无与绝望难道不会使你痛苦吗？是的，除非你为此痛苦，除非这痛苦足够大，大得不可消灭大得不可动摇，除非这样你才能甘心从目的转向过程，从对目的的焦虑转向对过程的关注，除非这样的痛苦与你同在，永远与你同在，你才能够永远欣赏到人类的步伐和舞姿，赞美着生命的呼喊与歌唱，从不屈获得骄傲，从苦难提取幸福，从虚无中创造意义，直到死神和天使一起来接你回去，你依然没有玩儿够，但你却不惊慌，你知道过程怎么能有个完呢？过程在到处继续，在人间、在天堂、在地狱，过程都是上帝巧妙的设计。

但是我们的设计呢？我们的设计是成功了呢还是失败了？如果为了使你幸福，我们不仅得给你小痛苦，还得给你大痛苦，不仅得给你一时的痛苦，还得给你永远的痛苦，我们到底帮了你什么忙呢？如果这就算好运，我，比如说我——我的名字叫史铁生，这个叫史铁生的人又有什么必要弄这么一份“好运设计”呢？也许我现在就是命运的宠儿？也许我的太多的遗憾正是很有分寸的遗憾？上帝让我终生截瘫就是为了让我从目的转向过程，所以有那么一天我终于要写一篇题为《好运设计》的散文，并且顺理成章地推出了我的好运？多谢多谢。可我不，可我不！我真是想来世别再有那么多遗憾，至少今生能做做好梦！

我看出来了——我又走回来了，又走到本文的开头去了。我看出来了，如果我再从头开始设计我必然还是要得到这样一个结尾。我看出来了，我们的设计只能就这样了。我不知道怎么办了，不知道还能怎么办。上帝爱我！——我们的设计只剩这一句话了，也许从来就只有这一句话吧。

一九九〇年二月二十七日

乐观的根据

有位西方艺术家说：生活分为两种，一种叫作悲惨的生活，另一种叫作非常悲惨的生活。怎么办呢？他说：艺术可使我们避开后一种。东方思想更是有这样的意思：生即是苦，苦即是生。总之人只要活着，困苦就是逃不脱的。东方、西方本处同一星球，于此不谋而合当在情理之中。

那么死呢？死，能否逃脱这苦难的处境？比如说，给它来个“白茫茫大地真干净”行不？说说行，想想更行，但你信不信，其实不行。除非你能从“生”逃进“死”，从“有”进入“无”。

什么，这简单？那你就先说说怎么从“有”进入“无”吧。“无”在哪儿？“无”即没有，你可怎么进入一个没有的地方呢？好吧，就算你真的进入了，可随之那儿就不再是“无”了，而必呈现为另一种状态的“有”。所以，出生入死也就无望——“死”要么是另一种形式的“生”，要么就得是“无”，而“无”我们已经说过了是没有的。

这便是人的处境，在苦逃！问题在于：面对一条难逃之路，是歌而舞之、思而问之地走好呢，还是浑浑噩噩、骂骂咧咧地走好？

无论怎么走吧，似乎都还有着无奈的成分。是呀，即便大哲尼采的“酒神精神”，其中也可见此无奈。不过，为啥无奈你可想过？想想吧。一定还是有个企盼不肯放弃：终点。一定还是有种疑虑不能消除：走到哪儿算个头儿呢？这可真是此在生命的逻辑给我们留下的顽固遗产。其实呢，有谁看见过“头儿”吗？终点，若非无，就不能算是终点；若是无，那就还是没有的呀，兄弟！放弃你那顽固的遗产吧，或把它再扩展一步：永远的道路，难道不比走到了头儿好得多？

所以生命也分为两种：一种叫作有限的身在，一种叫作无限的行魂。聪明人已经看见了乐观的根据。

二〇〇八年四月十七日

希米，希米

希米，希米
我怕我是走错了地方
谁想却碰上了你！
你看那村庄凋敝
旷野无人、河流污浊
城里天天在上演喜剧。

希米，希米
是谁让你来找我的
谁跟你说我在这里？
你听那脚步零乱
呼吸急促、歌喉沙哑
人都像热锅上的蚂蚁。

希米，希米
见你就像见到家乡
所有神情我都熟悉。
看你笑容灿烂
高山平原、风里雨里
还是咱家乡的容仪。

希米，希米
你这顺水漂来的孩子
你这随风传来的欣喜。
听那天地之极
大水浑然、灵行其上
你我就曾在那儿分离。

希米，希米
那回我启程太过匆忙
独自走进这陌生之乡。
看这山惊水险
心也空荒，梦也悽惶
夜之望眼直到白昼茫茫。

希米，希米

你来了黑夜才听懂期待

你来了白昼才看破樊篱。

听那光阴恒久

在也无终，行也无极

陌路之魂皆可以爱相期？

第四章 放下与执着

从“身外之物”说起

常言道“常言道”，其实“常言道”并不都高明。比如“身外之物”，多指名利，或对名利之争的轻蔑，此外还有什么吗？问题是何为“身内之物”？“身内”未定，“身外”难免疏漏。这让我想起一位国人对幸福的总结：“高知不如高官，高官不如高薪，高薪不如高寿，高寿不如舒服。”真可谓步步进取，直指“身内”。便又让我想到国人多忌谈死，你一说死，立刻引来劝慰：“哎呀哎呀，您千万可别这么想。”怎么想呢？死，难道可以因为不说它，它就终于不来？渐渐有点儿明白了：“身外”既已摒弃，“身内”若再有失，后果自不堪言。好了，“身内”已辨，“身外”也就有些轮廓了。但“身内之物”迟早是要玩儿完的，靠些迟早要玩儿完的东西来鼓舞自己和祝福别人，总归不妥。故“身外之物”切不可一律轻视。习惯中，“心”与“身”、“灵”与“肉”常相对立，故可推想，“身内之物”即一副肉身的圈定，而“身外之物”自然就还包括心灵，或者说精神。试想，以此类“身外之物”去祝福别人，不好吗？相当于说您灵魂不死，精神永在——就像媒体上常常颂扬的那些伟人。

又比如有人曾跟我说，那常见的祝福之词——“身体健康，精神快乐”，不如颠倒过来，这样说：“祝您精神健康，身体快乐。”是呀，精神的境界，怎么能仅仅是快乐呢？记得有人就曾赞美过“平静的坏心情”。止于快乐的精神，难说不够狭隘，就算是幸运吧，也得有迟钝来配合。精神又迟钝，身体又健康，这哪里是祝福？分明是嘲讽了。而精神又健康，身体又快乐，才是最佳配置。身体无论强弱，快乐都是目标。而健康的精神，则不仅可以享受快乐，更能够应对苦难。徐悲鸿有一副座右铭式的对联：“独执偏见，一意孤行”，可见其精神是何等健康，而这绝不会是说，因此身体可得其何等的舒适与保养。

还有两个常用的词，也该就其不同的底蕴较个真儿——“爱”和“喜欢”。比如恋爱，“爱上了”和“喜欢上了”，现在就弄得很没有区分。然而不幸的婚姻常是两类：（1）爱，但不够喜欢，或后来发现根本就不喜欢；（2）喜欢，但很少爱情，或后来发现根本就不是爱情。怎么讲？喜欢，多是对其容貌、体魄、健康、能力等等——即“身内之物”——而言。爱情呢，则不拘“身内”，更是强调于“身外”的汇合了，那当然就只有凭据心灵或者精神。不好说缺了哪一项更易忍受，唯当祝愿所有恋人们都能“鱼与熊掌得兼”。但在某种时候，“爱”与“喜欢”的不同就会鲜明。什么时候？当你喜欢上了另一位！不可能吗？若不可能，爱人就无需选择，你或者打一辈子光棍，或者就有美满的婚姻按时向你扑来。喜欢，肯定是多向的；正如性，若非多向，进化一事即告拉倒。但，爱情就不是多向的？若不是，博爱也得拉倒。这问题我在《丁一》[1]中掂量过，简要的认识是：爱情的本质，乃心灵战争中的一方平安之地，乃重重围困下的一处自由之乡，乃人心隔肚皮时的一份两心互信之约。只能是两心吗？不不，博爱从来都是理想。但正如施米特所说：三人成政。只要有三个人，就难免敌我之虑，就有了政治。因此又可以说：爱情，甚至是从政治中独立出来的信仰。它既希望不受政治的伤害——比如罗密欧与朱丽叶，比如白娘子和许仙；又希望得到政治的支援——比如自由恋爱曾经冲破包办婚姻，比如同性恋者正在争取着合法权利，比如“愿天下有情人终成眷属”。但后者常会处在愿而不达的境地，而前者的醒目标题是现实。因而婚姻是现实，更像政治，当事人必须遵守一种广泛承认的规则；爱情却是信仰，个人自由，别人最好不插嘴。

但就像早年一部电影《流浪者》中说的，“法律不承认良心，良心也不承认法律”，婚姻和爱情也常常互不承认——比如你不承认第三者的爱情，第三者也挑战你的婚姻。不管具体何因吧，挑头儿作乱的都是欲望。欲望都要谴责吗？其实它是动力，原动力。不信消灭掉欲望你试试，一切都要拉倒。爱欲的最初表现是喜欢。喜欢，常常已经有了性因素。接下来呢，传统的话，法律只承认婚姻；先锋的话，爱情不承认法律。无论你是传统还是先锋吧（现在好像没人管了），麻烦都在于另一种情况：你已经有了婚姻，甚至这婚姻中也有爱情，传说中的第三者却来显形成真。当然了，要是他/她跟你“性”一下

[1]《丁一》：即《我的丁一之旅》。——编者注

之后明确表示瞧不上你，谢天谢地事情就好办多了，然而他/她“喜欢”你，甚至还“爱情”着你，这就麻烦。只拣三种情况来研究：（1）老婆或丈夫并未发现你的出轨，而你却发现“喜欢”远远抵消不了说谎的痛苦，便了结掉这一不轨情缘，自行回归。（2）你不仅了结了这一不轨情缘，还向老婆或丈夫做了坦白和忏悔，但不被原谅。（3）坦白之后，老婆或丈夫原谅了你，可第三者却纠缠不休。

先说（1）：出轨毕竟是错误，但若爱情依旧，错误可以原谅，谎言则不可。谎言是爱情的头号敌人（或“喜欢”的潜在盟友），因为爱情的根本，就是要在心灵争战的大环境中建设一处自由、互信的乐土。如果，你曾出轨，却因为不能忍受谎言之苦而自行回归，则表明这是一次真正的爱情事件，是一个爱情重于喜欢的突出例证；因而你绝不是传说中那种不懂爱情的人。相反（2）：这样的老婆或丈夫不懂爱情，更不懂你的坦白之于爱情的价值，他们只懂婚姻。那么（3）：这样的老婆或丈夫才是伟大的老婆或丈夫，才是真正的爱人；而那位第三者却是只懂得喜欢，或还懂得那句错位的祝福——“身体健康，精神快乐”，但无论怎样都只针对自己。只针对自己的事，一般与爱情无关。

我是在为出轨者开脱吗？有可能。以己度人，我以为人人都会因“喜欢”而在心里有所出轨，没有相应的行动就好，但也可能是没有相应的机会。但若认为出轨即是爱情的失败，就把爱情看得太简单了。

出轨，其实只是对婚姻而言。至于爱情，却谈不上轨不轨——婚外之爱也仍在爱的轨中，婚内无爱也仍在爱的轨外；而婚外的喜欢，并且有所行动，也只是出了婚姻之轨。

所以，出轨应属一次法律性错误，而回归与否，却是一次面神的抉择。因为，婚姻是人约——由司法部门出具证明，而爱情，却属神约。“你愿意他/她做你的丈夫/妻子吗？”——此乃神问，超越法律，要你用灵魂来回答。这样想，倒是不能以回归与否来判定你是否违背神约了——回归，是爱情战胜了喜欢；不回归呢，却也可能是爱情冲破了婚姻。关键在于：人约可变，神约莫违——如果你把爱情看作信仰，而不仅仅是法律的话。因而，如果婚姻中没有爱情，离婚也就正当。但若婚姻中没有的爱情，第三者那儿却有，该怎样评价“出轨”呢？当然，出轨仍需承担法律责任，但它却并不违背信仰，所以再婚亦属妥善之策。可是，如果第二者死活不跟你离，第三者又誓言死等，可咋办呢？唯一的希望是大家都能懂得：婚姻即法律，不可以不尊重，但爱情即信仰，毕竟是根本。也就是说，你先得守法，否则淫乱滋生，连神圣的爱情也将被混淆得面目全非；然后，何去何从，终归还是得面神而问——以你的诚实之心，看你的爱情何在。

于是有了一个总结：法律先于信仰，信仰高于法律。这差不多是和谐社会的特征。

这就又让我想起不久前广为争论的一件事：人权高于主权，还是主权高于人权？争论得热烈而且糊涂。说人权高于主权吧，先就会给些不轨之谋以借口。其次，难道不是主权为着人权，倒会是相反吗？如果相反，则想必慈禧太后也会喜欢——无论她是在保卫主权，还是在出卖主权。

大凡局面两难，就当另辟思路。既有了前述那一总结，想来就应该是：主权先于人权，人权高于主权。凭什么呢？很明显，主权在法律的范畴，人权则属于信仰。

法律是怎么来的？为使不同信仰的人群都能享有同等权利，大家协商，互有妥协，制定出一套共同遵守的行为准则，便有了法律。所以，一旦人们有了矛盾，就该先去问问法律，看自己是否履行着当初的承诺。可是，法律乃人智的产物，不可能面面俱到，如果发生了法律也不知所措的事情，又该去问谁呢？当然了，要完善和不断地完善法律！可完善它的根据是什么呢？曾经制定它的根据是什么，现在完善它的根据就应该还是什么。曾经你问的是谁，现在就还问谁去。这样，料必你就会问到“天赋人权”那儿。天赋的，即人所固有的、没人愿意失去的。比如说，谁不想活吗？谁不想幸福呢？谁愿意让别人掐着自己的脖子活呢？天赋的，就是最高的；不可违背也无法再问的，即是神说。难道有谁会问“您为什么想活、想幸福、想不让自己的脖子给人掐”吗？所以说人权高于主权，正如信仰是法律的根据。主权原本是为了维护人权的，否则它的责任又是什么？如果主权就是主权，并不对另外的事情负责，那么，要留要卖就都是它自己的事了。反对出卖主权，说到底，是不能容忍它损害了大家的人权。如果损害了，就应当改善它。改善的根据，前面说过了，去问那个不可再行追问的最高者。至于改善是否合时宜，够策略，则另当别论。

二〇〇八年一月五日

身与心

若把人仅仅视为肉身，余者不过其功能种种，当然就会看人生是一场偶然的戏剧，“死去元知万事空”，及时行乐最是明智之举。可不是嘛，既然人曾经是、终归仍不过是一堆平等的物质，又何必去问什么意义。尤其这戏剧不单偶然，而且注定是苦难重重，又何苦对之抱以太多热情，莫如把希望寄予死后或来生——一处清静无忧的所在。这差不多是一类信仰的根源。问题是它把生命看得太过直观，多有思问者怕不会满足。比如说吧，谁知道死后会是啥样？凭什么我要相信你的描述？

若把人生看作精神之旅，肉身不过一具临时载体，好比一驾车马，“乘物以游心”，你还会贬低意义，轻视热情，宁愿生命仅仅是一次按部就班的生理消费吗？这是另一类信仰的起点。但这类信仰，至少有三个问题需要解决。

一是要证明精神的永恒，即精神并不随着肉身的死亡而告消灭，否则热情和意义便失根基。此题其实并不难解，因为证据一向都不隐蔽：人类生生死死已历多少世代，但毁灭的全是肉身，精神何曾有过须臾止息！

二是要证明困苦之于人生，是死也难逃的宿命，否则就会助长以死来赴极乐的期冀。此题的解法也不复杂：除非死等于无，否则你逃到哪儿去也还是一种生的状态；而死若等于无呢？无的意思是不存在，你又怎能逃到一处并不存在的地方去呢？

三，于是有人要强调“我”了——我的精神，我的精神难道不会随着我的死亡而消散吗？可事实上，“我的精神”若不融入“类的精神”，就不能算是精神，而仅仅还是肉身，或某一肉身顺便携带的一点点自行封闭和断绝的消息。有谁会认为一己私欲也算得一种精神吗？比如一块瓷片，所以被珍重，是因为它与一具完整的瓷器相关，故可传达某种审美精神；倘其太过破碎，除了是块碎片跟谁也挨不上，确实它就不必热情，也无须意义，它已然是回归了清静无忧的所在。

相信人即精神之旅者，必会关心生命的意义，唯意义能够连接起部分和整体，连接起暂时与永恒。而相信人即肉身者，关心意义可不是累、抱紧热情可不是傻吗？但其行为常又乖张：只因不见意义，便说没有意义；而“没有意义”却又被强调成一种意义，甚至信仰。

我是说，这两类信仰的根源和取向大相径庭，并无取消一种的意思。譬如我，早晨一睁眼便相信后一种，晚上一上床，自然而然地也赞成前者。后一种让我满怀热情地走进生活，在寻求意义的过程中享受欢乐，而前者是最好的心理医生，或安眠曲。怎么回事？我这人太没主张，一会儿把人视为精神，一会儿又看人只是肉身，可不就这么回事！我既是我，我又是史铁生，既然身心兼备，自当各派其用。早晨一睁眼，身助心愿，心就像个孩子，驾驶着身之车只争朝夕；晚上一上床，心随身安，身就像辆破车，心再不要打扰它，只要维护它、安慰它：睡你的觉吧，万法皆空。其实呢，无论何时何地，人生之事莫非身、心两类，怕只怕弄颠倒了。比如名，实为身所有，即那史之牵挂，或那偶然车马之悲欢；“轻轻地我来了”，我跟着沾点儿光和累，“轻轻地我走”后呢，谁还管他是谁——弄得好了是某种思问之标识，弄不好唯一缕烟尘！但写作，那可是我的事，我从中成长，苦乐兼得，由个傻小子渐渐长得像个明白人了。待某日那史[1]一闭眼走了，车毁马亡，但愿助我成长的事情仍可借另一驾车马助我成长。当然了，卸磨杀驴极不道德，故也该对那史抱以谢忱：为了我的游历和成长，哥们儿你受累了、受苦了、尽力了，多谢多谢了。还能怎样？我还嫌他生前腿也敷衍、肾也塞责，弄得我苦不堪言呢！就像民歌中唱的：“灰毛驴驴地上徕，灰毛驴驴地下，一辈子也没坐过好车马……”

二〇〇八年六月一日

---

[1] 那史：作者自称。

“忘了”与“别忘了”

一

一家残疾人刊物的编辑在向我约稿的时候，我正忙着别的事，忙得不亦乐乎，便有推辞之意。编辑怅然道：“别忘了你也是残疾人。”话说得不算十分客气，但我想这话还是对的。虽然这不说明我不该忙些别的事，可我确实应该别忘了我是个残疾人。

二

我曾在一篇小说中写过这么一件事：一个少女与一个瘸腿的男青年恋爱。少女偶然说到一只名叫“点子”的鸽子，说这名字有点儿让人以为它是个瘸子，男青年听了想起自己，情绪坏了。少女发现了便惊惶地道歉：“我忘了，你能原谅我吗？真的，我忘了。”于是男青年心底荡起渴望已久的幸福感。不是因为她的道歉，而是因为她忘了，忘了他是个残疾人。

三

上音乐厅去听听音乐或去体育馆看看球赛，想必都是极惬意的事，但对残疾人却是好梦。音乐厅和体育馆门前都是高高的台阶没有坡道，设计体育馆的人曾经把我们忘了一回，之后，音乐厅的设计者又把我们忘了一回。时至今日，那么多新建的大型公共场所以及住宅楼还是绝大多数都把我们忘了。这样我们自己就难忘，偶尔要忘，那些全如珠穆朗玛峰一般险峻的台阶便来提醒，于是我们便呼吁过而且还要呼吁：建筑设计师们可别忘了我们，别忘了我们是残疾人，我们上不去珠穆朗玛峰和台阶。

四

有一回我写的小说受到表彰，前辈们在表彰这篇小说的时候特别提到了它的作者是一名残疾人，于是台下的掌声也便不同凡响。当时我心里既感激大家对我的关怀和鼓励，又不免有一缕阴云来笼罩：到底是那小说确凿值得表彰呢，还是单因为它出自一个残疾人之笔下才有了表彰的理由？至少是这两条不能再动的腿，在那表彰的理由中占了一定的比例吧？这时，我的心头只有一句话萦绕不去：忘了我的腿吧，忘了我是个残疾人吧。又有一次我的小说遭了批判，老实说，我颇以为批判得无理。正当我愤愤然之际，有朋友来为我打抱不平了。我自然很高兴。不料这朋友却说：“我跟他们（指批判者）说了你的情况，你放心吧，没事了。”什么情况？腿，残疾。本来可能还有什么事呢？为什么就又没事了呢？（顺便说一句，我仍以那朋友为朋友，但他那一刻无疑是犯了糊涂。）我如坠入五里雾中，心头又是那句话来回翻滚：忘了这腿吧，忘了我是个残疾人行不行？

五

有一个人，叫王素岭。她自学外语且水平相当高，她双腿残疾且残得相当重，她曾经找不到工作，便以教孩子们学外语为乐，结果证明她教学的水平也相当高。她真想当一名教师，可是学校不要她，因为校方忘不了她是个残疾人。后经各有关方面百般呼吁和努力，她终于当上了教师。可是有很长一段时间，她是吃力地架着双拐站着讲课的。四十五分钟又四十五分钟，她真累，她为什么不坐下来讲呢？因为校方说老师必须要站着讲课，否则就别当老师。这时候校方显然又忘了她是个残疾人。

六

有一个人，叫顾阿根，是一个公司的头头，是一个残疾人。我见过他，见他在冬日的寒风中瘸着腿为公司的事务四处奔走，蹬起自行车来也如飞。脸上的汗和脸上的笑都正常到使人相信：他那时一定把自己是个残疾人给忘了。最近他正在筹建一个“残疾人用具用品专卖店”。他还准备购置两辆三轮摩托车，为不能出门和无力提拿重物的残疾顾客送货到家。他说该店的宗旨是：“让千百万残疾人得到与健康人同等的购物机会，让千百万残疾人能够买到他们所需的特殊用品，让千百万残疾人得到社会大家庭一员应有的温暖，让千百万残疾人的家属解除后顾之忧。”他说，这几年他和他的公司都有了一些钱，他在赚钱之初便一直是为着实现这一心愿。他说他忘不了残疾人，忘不了自己也是个残疾人，忘不了残疾人生活得很难。

七

也有这样的残疾人，怕别人注意到自己的残疾，甚至到了不愿意上街不愿意离家去工作的地步。由怕便容易转为怒，当人家完全没有恶意地说到“瘫”“瘸”“瞎”等字眼的时候，他也怒不可遏甚至有同人家拼命的意思；由怒而进一步就变为累月积年日趋暴烈的愤恨，觉得天地人都太不公正，都对不起他，万事万物都是没有良心的坏种。您也许会想，他一定是希望别人把他的残疾忘掉吧？但事情有时出乎您的意料：当他一旦做出一点成绩来，却又愿意别人注意到他的残疾，甚至自愿把那残疾渲染得更重些，仿佛那倒成了资本，越多越好。

听说还有这样的人，自恃身有残疾，便敢于在大街上闯红灯，说起警察拿他没辙来，竟似颇觉荣耀。

八

最后我们来看一出小戏。人物：男A，男B。时间：20世纪80年代中的任意一天。地点：反正不是渺无人烟或地广人疏之处。幕启时，二人已闲聊半天了。

男A："嘿，对了，我想起一件事。"

男B："什么？"

男A："你认识的人中，还有没有未婚的大龄男青年？"

男B："干吗？"

男A："有好几个人托我留心着点儿。现在未婚的大龄女青年可真是不少。"

男B想了一会儿，说："没有，没有了。"

两个人都叹一回，然后继续闲聊。

幕落。

您一定觉得这戏乏味。现在让我再把这二人详细介绍一下：男A，四十岁，已婚，与男B是老熟人；男B，三十三岁，未婚，是个残疾人但肯定不是弱智。就是说，男B正是一个未婚大龄男青年，只是有残疾。这戏就不那么枯燥了，有可思考之处了：男A把男B忘了。男B也把男B忘了。不过，男A真把男B忘了吗？显然没有，所以他才把男B除外了。男B真的把自己忘了吗？这是最重要的问题。

九

综上八节而观之，到底是“忘了”好呢，还是“别忘了”好？看来这问题不是用非彼即此的逻辑可以寻出答案的。我想读者诸君会得出这样的结论：该忘的时候忘了好，不该忘的时候还是别忘。那么，什么时候该忘什么时候不该忘呢？这却很难具体回答。世事之复杂，非以上八节所述可以概括，但我想，只要人道主义得以弘扬并蔚成风气，人们就会自然而然地在该忘时忘，在不该忘时不忘了。

譬如第三节中提到的那些台阶，倘所有的设计师都能想到，残疾人也要参加到社会生活中来，也要有自立的骄傲和平等于人的自豪，也要有听听音乐看看球赛的雅兴和逛逛商店或公园的闲情，那么他们必会想到修一条坡道，而且会发现这并不比把观光缆车的钢索架到泰山去更麻烦。

譬如第五节中提到的校方，倘其知道大凡一个人是要吃饭的，也是要从工作中实现人之价值的；倘其知道像王素玲这样的人可以靠自学走上讲台，本身就是对孩子们的一个多么好的教育；倘其知道若为她预备一把椅子，这本身就会在孩子们心中埋下多么美好的种子。——那么我相信，校方会抢着要她来教书了，并把破除那条残酷的规矩视为一种光荣。

十

那么，人道主义是否仅仅意味着救死扶伤，从而仅仅意味着别人来理解和帮助我们残疾人呢？显然不。人道主义的最美妙之处在于这样的倡导：一切人，不管其肉体和社会职能有什么不同，他们的精神（或说灵魂）都是平等的，因而他们生于斯世，所应享有的权利和所应尽到的义务也便是平等的。（当然，有被选举权的人不都能当上总统，而同是尽了义务的，其社会或经济效益也不可能一般大——这是另外的问题。）

现在让我们看看自己有什么毛病吧。

譬如第七节中提到的那种人，我们只好说：悲夫！他竟不知残疾本身从来不是耻辱，也永远不可能成为光荣。如果用不幸的残疾去换取某种特权，如果像个永远长不大的孩子那样总需倚仗父母的娇惯，那么，当人们送来了特权也送来了嘲讽，送来了迁就也送来了轻蔑，我们就没理由反对这种搭配了，因为是我们自己先把自己摆在了低于常人的位置上，摆在了深渊里。

譬如第四节中提到的那个史铁生，他是否过于敏感了呢？人们提到他是个残疾人难道有悖事实吗？大家多给他一点鼓励的掌声，难道不是人情之常吗？假如确有那么一缕阴云的话，也是他敏感的产物。试想这敏感若多起来，谁跟他说话能不提心吊胆百般戒备呢？这样下去哪还有平等可言呢？“呜呼！灭六国者，六国也，非秦也。族秦者，秦也，非天下也。”有时候，使我们处于不平等之地位上的，是我们自己，非他人也。所以现在的这个史铁生想，还是第六节中提到的那个顾阿根更懂得，什么时候该忘什么时候该不忘。

再来说说那出小戏。男A把男B忘了，我们只想到了“遗憾”二字。男B也把男B忘了，我们便想到阿Q画押时唯怒不能画得圆。不过我相信男B并没有真忘了自己，只不过心向往之而不敢为罢了，于是渐渐把自己推向了麻木。所以我想，“忘我”未必都是好事，有时竟是生命的衰竭和绝望。不争者的不幸，一方面可怜，一方面可怒。这小戏是个象征：人道主义不仅意味着我们该有人的权利，还意味着我们必须理直气壮地去争取，倘自己先就胆怯，则天上掉大饼的机会微乎其微。

总之，我们既然要求的是平等，既然不甘为鬼也不想成神，事情其实就很简单了：让我们的肉体不妨继续带着残疾，但要让我们的精神像健康人一样与世界相处。

一九八七年

放下与执着

几位老友，不常见面，见了面总劝我“放下”。放下什么呢？没说，断续劝我：“把一切都放下，人就不会生病。”我发现我有点儿狡猾了，明知那是句佛家经常的教诲（比如“放下屠刀，立地成佛”；“屠刀”也不专指索命的器具，是说一切迷执），却佯装不知。佯装不知，是因为我心里着实有些不快；可见嗔心确凿，是要放下的。何致不快呢？从那劝导中我听出了一个逆推理：你所以多病，就因为你没放下。逆推理中又含了一条暗示：我为什么身体好呢？全都放下了。

既知嗔心确在，就别较劲儿。坐下，喝茶，说点儿别的。可谁料，一晚上，主张放下的几位却始终没放下几十年前的“文革”旧怨，那时谁把谁怎样了吧，谁和谁是一派的吧，谁表面如何其实不然呀，等等。就不说这“谁”字具体是指谁了吧，总归不是“他”或“他们”，就是“我”和“我们”。

所以，放下什么才是真问题。比如说：放下烦恼，也放下责任吗？放下怨恨，也放下爱愿吗？放下差别心，难道连美丑、善恶都不要分？放下一切，既不可能，也不应该。总不会指着什么都潇洒地说一声“放下”，就算有了佛性吧？当然，万事都不往心里去可以是你的选择，你的自由，但人间的事绝不可以是这样，也从来没有这样过。举几个例子吧：是执着于教育的人教会了你读书，包括读经。是执着于种田的人保障着众人的温饱，你才有余力说“放下”。唯因有了执着于交通事业的人，老友们才得聚来一处喝茶。若无各门各类的执着者，咱这会儿还在钻木取火呢，还是连钻木取火也已经放下？

错的不是执着，是执迷，有些谈佛论道的书中将这两个词混用，窃以为十分不妥。“执迷”的意思，差不多是指异化、僵化、故步自封、知错不改。何致如此呢？无非“名利”二字。但谋生，从而谋利，只要合法，就不是迷途。名却厉害；温饱甚至富足之后，价值感，常把人弄得颠三倒四。谋利谋到不知所归，其实也是在谋名了——优越感，或价值感。价值感错了吗？人要活得有价值，不对吗？问题是，在这个一切都可以卖的时代，价值的解释权通常是属于价格的，价值感自也是亦步亦趋。

价值和价格的差距本属正当。但这差距却无从固定，可以很大，也可以很小，当然这并非坏事，这正是经济学所赞美的那只市场的无形之手。可这只手，一旦显形为铺天盖地的广告，一旦与认钱不认货的媒体相得益彰，事情就不一样了。怎么不一样？只要广告深入人心，东西好坏倒不要紧了——好也未必就卖得好，不好也未必就卖不好。媒体和广告沆瀣一气，大约是经济学未及引入的一个——几乎没有底线的——参数。是呀，倘那无形或有形的手也成了商品，又靠谁来调节它呢？价格既已不认价值这门亲，价值感孤苦无靠去拜倒在价格门下，也就不是什么难解的题。而这逻辑，一旦以“更高、更快、更强”的气势，超越经济，走进社会各个领域，耳边常闻的关键词就只有利润、码洋、票房和收视率了。另有四个词在悄声附和：房子、车子、股市、化疗。此即执迷。

而“执着”与“执迷”不分，本身就是迷途。这世界上有爱财的，有恋权的，有图名的，有什么都不为单是争强好胜的。人们常管这叫欲壑难填，叫执迷不悟，都是贬义。但爱财的也有比尔·盖茨，他既能聚财也能理财，更懂得财为何用，不好吗？恋权的嘛，也有毛遂自荐的敢于担当，也有种种“举贤不避亲”的言与行，不对吗？图名的呢？雷锋，雷锋及一切好人！他们不图名？愿意谁说他们没干好事，不是好人？不过是不图虚名、假名。争强好胜也未必就不对，阿姆斯特朗怎么样，那个身患癌症还六次夺得环法自行车赛冠军的人？对这些人，大家怎么说？会说他执迷？会请他放下吗？当然不，相反人们会赞美他们的执着——坚持不懈、百折不挠、矢志不渝，都是褒奖。

主张“一切都放下”，或“执着”与“执迷”分不清，是否正应了佛家的另一个关键词——“无明”呢？

“无明”就是糊涂。但糊涂分两种。一种叫顽固不化，朽木难雕，不可教也，“无明”应该是指这一种。另一种，比如少小无知，或“山重水复疑无路”，这不能算“无明”，这是“柳暗花明又一村”

的前奏，是成长壮大的起点。而郑板桥的“难得糊涂”已然是大智慧了。

后一种糊涂，是错误吗？执着地想弄明白某些尚且糊涂着的事物，不应该吗？比如一件尚未理清的案件，一处尚未探明的矿藏，一项尚未完善的技术、对策或理论。这正是坚持不懈者施才展志的时候呀，怎倒要知难而退者来劝导他呢？严格说，我们的每一步其实都在不完善中，都在不甚明了中，甚至是巨大的迷茫之中，因而每时每刻都可能走对了，也都可能走错了。问题是人没有预知一切的能力，那么，是应该就此放下呢，还是要坚持下去？设想，对此，佛祖会取何态度？干脆“把一切都放下”吗？那就要问了：他压根儿干吗要站出来讲经传道？他看得那么深、那么透，干吗不统统放下？他曾经糊涂，曾经烦恼，但他放得下王子之位却放不下生命的意义，所以才有那锲而不舍的苦行，才有那菩提树下的冥思苦想。难道他就是为了让后人把一切都放下，没病没灾然后啥都无所谓？该想的佛都想了各位就甭想了，该受的佛都受了各位就甭再受了，该干的佛也都干了各位啥心也甭操了——有这事儿？恐怕，盼望这事儿的，倒是执迷不悟。

可是，哪能谁都有佛祖一样的智慧呢？我等凡人，弄不好一错再错，苦累终生，倒不如尘缘尽弃，早得自在吧。可是，怕错，就不是执着？怕苦，就不是执着？一身享用着别人执着的成果，却一心只图自在，不是执着？不是执着，是执迷！佛祖要是这般明哲保身，犯得上去那菩提树下饱经折磨吗？偷懒的人说一句“放下”多么轻松，又似多么明达，甚至还有一份额外的“光荣”——价值感，却不去想那菩提树下的所思所想，却不去辨别什么要放下、什么是不可以放下的，结果是弄一个价值虚无来骗自己，蒙大家。

老实说，我——此一姓史名铁生的有限之在，确是个贪心充沛的家伙，天底下的美名、美物、美事没有他没想（要）过的，虽然我并不认为这是他多病的原因。不过，此一史铁生确曾因病得福。二十一岁那年，命运让这家伙不得不把那些充沛的东西——绝不敢说都放下了，只敢说——暂时都放一放。特别要强调的是，这“暂时都放一放”，绝非觉悟使然，实在是不得已而为之。先哲有言：“愿意的，命运领着你走；不愿意的，命运拖着你走。”我就是那“不愿意”而被“拖着走”的。被拖着走了二十几年，一日忽有所悟：那二十一岁的遭遇以及其后的三十几年的被拖，未必不是神恩——此一铁生并未经受多少选择之苦，便被放在了“不得不放一放”的地位，真是何等幸运的事情！虽则此一铁生生性愚顽，放一放又拿起来，拿起来又不得不再放一放，至今也不能了断尘根，也还是得了一些恩宠的。我把这感想说给某位朋友，那朋友忒善良，只说我是谦虚。我谦虚？更有位智慧的朋友说我：他谦虚？他骨子里了不得！这“了不得”，估计也是“贪心充沛”的意思。前一位是爱我者，后一位是知我者。不过，从那时起，我有点儿被“领着走”的意思了。

如今已是年近花甲。也读了些书，也想了些事，由衷感到，尼采那一句“爱命运”真是对人生态度之最英明的指引。当然不是说仅仅爱好的命运，而是说对一切命运都要持爱的态度。爱，再一次表明与“喜欢”不同，谁能喜欢坏运气呢？但是你要爱它。就好比抓了一手坏牌，你骂它？恨它？要着赖要重新发牌？当然你不喜欢它，但你要镇静，对它说“是”，而后看你如何能把这一手坏牌打得精彩。

大凡能人，都嫌弃宿命，反对宿命。可有谁是能力无限的人吗？那你就得承认局限。承认局限，大家都不反对，但那就是承认宿命啊。承认它，并不等于放弃你的自由意志。浪漫点儿说就是：对舞蹈说是，然后自由地跳。这逻辑可以引申到一切领域。

所以，既得有所“放下”，又得有所“执着”——放下占有的欲望，执着于行走的努力。放不下前者的，必至贪、嗔、痴。连后者也放下的，难免还是贪、嗔、痴。看一切都是无意义的人，怎么可能会爱命运？不爱命运，必是心中多怨。怨，涉及人即是嗔——他人不合我意；涉及物即是痴——世界不可我心，仔细想来都是一条贪根使然。

二〇〇七年十一月二十七日

对话四则

一　关于死

M：你想过死吗？

S：想过，可是想不明白。大概活着的人都不可能想得明白。

M：不，我不是问死是怎么回事，我是说，你想没想过死？

S：你是说寻死，或者说自杀，但是你不忍心用这个词。用不着这样，想寻死不见得就是坏事，这说明一个人对生命的意义有着要求，否则的话他怎么活着都行。

M：从理性上讲我很理解，但是我没有过这样的亲身体验，我从来没有真的想要去死过。而你有过？

S：是的。不过这无法证明，因为我毕竟还活着。我只是曾经非常渴望过死，祈求过死。

M：因为什么事？因为你的双腿瘫痪？

S：差不多，总归跟我的病有关，虽然并不总是这么直接。都是什么事说起来话长，但总之是因为我感到了绝望。

M：你这句话等于没说，当然是绝望。

S：比如说，你终于明白你再也站不起来了。比如说，才只有二十一岁，你却不能上大学，大学已经预先把你开除了；你也找不到正式工作，好像你已经到了退休的时候；差不多所有的人都会称赞你的坚强，但是有一个前提：你不要试图成为他们的女婿；如果你爱上了一个姑娘，你会发现最好的方式是离开她，否则说不定她比你还痛苦；你最好是做个通情达理的人，那样会安全些，那样你会得到好评，但是这样一来你就不知道为什么还要活着了；这就是绝望。如果你走运你会有一对爱你的父母，会有一些好朋友，但是你经常会在他们脸上看见深深的忧虑，你自然就会想，你活着是给他们带来的帮助多呢还是麻烦多呢？是安慰多呢还是愁苦多？这就是绝望。我知道，就在咱俩这样说着的时候，正有很多人处在这样的绝望中。

M：你是怎么从这样的绝望中摆脱出来的呢？你怎么没死？

S：别着急，早晚会死的。

M：少贫嘴。我是说，你怎么没自杀。

S：一点都不贫嘴。我听了卓别林的劝。

M：我跟你说正经的呢。

S：要是你正正经经地陷入了绝望，你不妨听听幽默大师的话。当然，使我没去自杀的原因很多，但是我第一次平心静气地放弃自杀的念头却是因为听了卓别林的劝，以后很多次都是这样。幸好有一天我去看了那场电影，什么名字我忘了，一个女人想自杀，但被卓别林扮演的那个角色发现了，女人很埋怨他，发了疯似的喊：“你为什么不让我死？为什么不让我死！”卓别林慢悠悠不动声色地说：“着什么急？早晚会死的。”

M：真是妙。

S：怪事，为什么他说了就“真是妙”，我说了就是“少贫嘴”呢?

M（笑）：你让我想想，嗯……

M：可能是这样，我在听他说这句话之前已经进入了幽默的心态，已经对幽默有了准备，“卓别林”这三个字就像一个信号把我带进了另一种思维方式，你自然而然就跳出了常规的逻辑。

S：就是就是，关键是你得进入幽默，关键是卓别林能把你领进幽默中去。在那之前我从来没想到过对于死还有这样一种态度。一般人们总是劝你坚强些，“别这么软弱，你应该坚强些”。你想，要是医生对病人说：“别生病，健康些，你应该健康些。”这不是废话吗?

M：人家这是好意，我讨厌你这样对待人家的好意。

S：我也知道这是好意，事后我也后悔这样对待人家的好意，但是当我一心一意想死的时候我不在乎谁讨厌我。还有，还有人会这样劝你：“别这么悲观，生活是多么美好，你要热爱生活。”如果生活一向只是美好，如果生活中压根儿没有悲哀没有丑恶没有绝望，活下去本来就不需要谁来劝，就像吃喝拉撒睡一样用不着谁来劝。比如说，被侮辱、被歧视、被不公平不平等地对待，而且这局面很可能坚如磐石至少在九十九年里无法动摇，这样的事让你碰上了，没让他碰上，你想死，他却用“生活是多么美好”来劝你活，当然他这也是好意，但是你不觉得他比我还讨厌吗?

M：还有些人，谈死色变。你一说到死，他就说“哎哎，老提什么死呀怪不吉利的”，或者说“嘘——别老这么悲观，要说死找没人的地方说去”，好像不知道死就是乐观，好像不说死就能不死了似的。

S：那倒不怎么讨厌，那不过是让死吓的。其实他知道人必有一死，这一事实吓得他不敢再想下去。很可能他还会找到一种自我安慰的方法：“活着先说活着的事。”那么死呢？“咳，到时候再说。”这让人想起其他动物，除了人，其他动物都是这么任凭生死摆布的，并且对此毫无意见。

M：也许倒是人错了呢？想它又管什么用？顺其自然，也许倒是其他动物对了呢？

S：顺其自然大概不等于逆来顺受，人对生、对死都要求着意义。先不说这个，总而言之，要是我们一时弄不清是做人好还是做其他动物好，我们不妨只记住一个事实：我们是人，我们必不可免地得思考生和死的问题。就是说，无论我们赞成思考这一问题，还是禁止思考这一问题，还是设法逃避这一问题，我们都已经进入了这一问题，我们可以羡慕其他动物，但是从我们是人的那一天起，我们就无法改变自己的种类了。况且，子非鱼，安知鱼不知生死乎？这有点儿像废话了。

M：还说卓别林吧，还说你是怎么听了他的劝的吧。

S：关键是卓别林先让你放了心，他不像很多人那样先劈头盖脸地反击、嘲笑，或是企图粉碎你的愿望，他理解你的一切苦衷，他相信死也是人的一种权利，他和你站在一起维护你的这个权利，然后他只是提醒你：死神是最守信用的，他早晚会来的，你又何必这么着急呢？我真是长长地出了一口闷气，觉得轻松多了。死本来是绝望，但卓别林轻而易举地把它变成了一种希望。这希望有两层意思：一是说，要是你真的再没有力气了，你放心吧，那时候死神肯定会来搭救你；二是说，既然如此你何必不再试试呢？说不定你还能玩儿出什么花样来高兴高兴呢。可不是吗？你活着已经苦到了头，你想死而死又是那么样地可靠，你还怕什么呢？你还会有什么损失呢？你就再试试呗。

M：摆脱死的诱惑就这么简单？

S：当然不会就这么简单。我只是说，要是别人或是你自己忽然想寻死，要是你还有可能劝劝别人或者是你自己，让我说，卓别林的劝法是最有效的劝法。至于彻底摆脱绝望摆脱死神的诱惑，可能只有两个办法，一是设法把自己变成傻瓜，一是在明白了过程就是目的之后。

二　关于生

M：上次你说，彻底摆脱死神的诱惑只有两个办法，一个办法是当傻瓜，一个办法就是得明白——过程就是目的。

S：是。

M：这么说，你是靠了后一种办法喽？

S：为什么？

M：我看你不像个傻瓜。

S：谢谢。我希望我没辜负你的恭维。

我还要补充一点。照我的理解，“傻瓜”一词绝不是指先天的弱智，而是指后天的麻木。弱智常常并不妨碍弱智者向他们不公正的命运要求意义。可是对生命意义的麻木不问，却可以使智力健全的生命仅仅为一种生理现象，而不是精神过程。

M：这样的人只是活着，无论怎样活着只要活着就够了，因此他们不会有烦恼得要去自杀的时候。可这又有什么不好呢？在烦恼和傻瓜之间，选择后者说不定是更明智的呢。

S：也许是吧，所以我说那也不失为一种活着的办法。

M：那你为什么不选择这种办法？

S：我试过，但是没成功。

M：在这点上咱俩倒是挺一样。我也试过，可是不行。我老是想，与其那样活着倒不如死了痛快。

S：亚当和夏娃吃了禁果，知道了善与恶，被逐出了伊甸园，再也回不去了。所谓“知道了善与恶”其实就是对生活有了价值判断，对生命的意义有了要求，所以我们跟亚当夏娃一样，也别想回去当傻瓜了。

《圣经》上说，亚当和夏娃被逐出伊甸园，人类历史从此开始。这说法真是妙极了。也就是说，从此开始他们才是人了，由此他们才有别于其他动物而成为人了。遗憾的是人们只注意到了这是痛苦的开始，而没看到这才有了人生欢乐的可能。人们应该理解上帝的好意。把那个伊甸园称为乐园实在荒唐，我相信那儿可能没有痛苦，但没有痛苦的地方肯定也没有欢乐。所以我想，还是别回到伊甸园去当那漫长的傻瓜吧。

M：所以你选择了第二个办法？

S：不如说是去寻找另外的办法，因为第二个办法不是现成的。但是，如果你相信死是一件不必着急的事，如果你又不想去当那个漫长的傻瓜，如果你诚心诚意地去找另外的办法，你就准能找到它，你找到的就准是它。

M：玄了。我看你是不是越说越玄了？你就直截了当地说吧，怎么会“过程就是目的”呢？

S：比如说踢足球，全场九十分钟常常才进一两个球，有时候甚至是零比零，那么目的是什么呢？就是过程，在这九十分钟的过程中证明和欣赏生命矫健、坚强、智慧和优美。其实要想多进球还不简单吗？只要越位不算犯规，大伙儿都上大门那儿等着去，要不干脆一开始就罚点球，保险进球多。可是那样就没意思了，没有了过程，就没有了趣味，没有了快乐。在真正的球迷看来，过程比目的要紧。

不久前意大利的世界杯赛，由于时差关系，很多场球我们只能看录像，那时胜败已定，但球迷们都避免先知道结果，并向知道了结果的人发出警告：不许说！因为令我们着迷的是过程，他们要在前途未卜的过程中享受激情，享受惊险，享受渴望，享受悲欢。

我还知道一些更高明的球迷，甚至不怕知道结果；无论结果如何，丝毫不影响他们的兴致，只要那过程是充满艰险和激情的，不管辉煌的还是悲壮的，他们依然会如醉如痴地沉浸在美的享受之中。问他们：谁赢了？他们可能会告诉你，但也可能他们记不清了，不过他们肯定能告诉你最好的球队是哪个，最好的球星是谁。如果他们告诉你得亚军的那个队实际上是最乏味的一个队，你用不着吃惊，因为他们是以过程来做判断的。

其实什么事都是这样。小说是这样，小说要是只写最后谁死了谁还活着，那就像人口普查了，没人爱看。科学怎么样？如果没有坎坷而欢欣的过程，人类想办到什么就办到了什么，人就差不多又要去当那个漫长的傻瓜了。生活也是，一场球赛九十分钟，一场生活就算它九十年，区别无非时间的长短罢了。上帝给人们设置了很多障碍，为的是展开一个过程，于是才能有趣味有快乐。

M：照此说来，生活是无须乎目的了？

S：不行，目的还非得有不可。如果都不想赢球，这场球还怎么踢下去呢？就像人活着没有理想，人可往哪儿走呢？没有了目的，过程一样没法展开。目的和理想的设置，我想，原就是为了引导出一个过程，我想，一个最最美好的理想或目的不如就让它处在那个望眼欲穿的位置上吧，这样才永远都有个奔头，创造着，欣赏着，乐此不疲。

M：但是你终于得到了什么呢？你总得能得到什么呀？总就是过程、过程、过程，总也达不到目的，你不觉得有点儿荒诞吗？

S：你得到了一个快乐的过程。就像一场球赛，你无论是输了还是赢了，只要你看重的是过程，你满怀激情地参与过程，生龙活虎不屈不挠地投入了过程，你在这过程的每一分钟里就都是快乐的。我发现这是划算的，胜负毕竟太短暂，过程却很长久，你干吗不去取得那长久的快乐呢？

况且胜利常常与上帝的情绪有关，上帝要是决心不喜欢你（比如说让你瘫痪了等等），你再怎么抗议也是白搭。但是，上帝神通再大也无法阻止你获取过程的欢乐。所以不如把那没有保证的胜利交给上帝去过瘾，咱们只用那靠得住的过程来陶醉。

M：嗯，有道理。我发现你确实不是傻瓜。

S：多谢多谢，我很喜欢你经常发现这一点。

M：我有时候也这么想，真的，人最终究竟能得到什么呢？未知是无限的，人类的希望无穷无尽，于是认识就永远没有个完，永远不会到达终点，一个阶段的结束不过是又一个阶段的开始。也许你说对了，人要是不能从过程中体味幸福和欢乐，生命就成了一场荒诞的苦役，死就一直具有诱惑力。

S：这么聪明的话，我希望你还是留给我说。我要说什么来着？哦，对了——所以过程就是目的。我想给你念一段一个残疾朋友写给我的话：

“事实上你唯一具有的就是过程。一个只想使过程精彩的人是无法被剥夺的，因为死神也无法将一个精彩的过程变成不精彩的过程，因为坏运也无法阻挡你去创造一个精彩的过程，相反你可以把死亡也变成一个精彩的过程，相反坏运更利于你去创造精彩的过程。于是绝境溃败了，它必然溃败。你立于目的的绝境却实现着、欣赏着、饱尝着过程的精彩，你便把绝境送上了绝境。梦想使你迷醉，距离就成了欢乐；追求使你充实，失败和成功都是伴奏；当生命以美的形式证明其价值的时候，幸福是享受，痛苦也是享受。现在你说你是一个幸福的人你想你会说得多么自信，现在你对一切神灵鬼怪说谢谢你们给我的好运，你看看谁还能说不。”

M：嗯，这个人很能说。但是意义呢？价值呢？目的要是不重要，为什么还有高尚和卑下之分呢？

S：道德的最高尚的原则，我想，就是使最多的人最大限度地获得自由、幸福、快乐的生命过程。只有更为高尚的目的才能引导出更为自由、更为幸福、更为快乐的过程。我看这用不着担心。如果为了展开过程我们需要设置目的，那么为了展开更为自由、幸福、快乐的过程，我们明显需要设置更为高尚的目的。你没想到再表扬我两句吗？

M：等你不只是说，而是去做的时候吧。

S：那我就听不到了。

M：为什么？

S：这件事在死之前是做不完的。

三　关于职业·事业

S：如果生命是一条河，我想，事业相当于一条船。在河上漂泊，你总是有一条船。

A：你的这条船就是写小说喽？

S：碰巧是这样。迄今为止这条船对我还合适。当然我也写别的，我也干些别的事。

A：活着就是为了事业吗？

S：正好相反。船是为了漂泊，漂泊不是为了船。事业是为了活着，是为了活得更有味道。

A：那你怎么理解，譬如，“一切为了事业”“把生命献给事业”这样的话呢？

S：我更相信这样的事实，譬如，他的事业，给了他无比的快乐。为事业而奋斗，他感到莫大的幸福。在事业中他找到了自己的位置，实现了自己的价值。

A：有人说，活着就是奉献。

S：这话不仅不美反而失实，而且细品很像是诉苦，像是抱屈，像是炫耀，仿佛从中受益的只是他人。这类少实事求是之心多哗众取宠之嫌的说道，不见得能保证长久的快乐。如果他注意到了自己从事业中享受了多少乐趣，也许能对“奉献”一词体会得更全面。如果他活着真的只有奉献，我想那是对“按劳分配”原则的违背；如果奉献是他自己选择的幸福方式，那么他已经得到了丰厚的报偿，他不会在喝彩与掌声中眉飞色舞，而更可能在人们钦佩的目光下稍稍有一点惭愧。一种是，把事业视为自己的幸福，它不仅仅意味着心血的付出，它更意味着精神的收获；另一种则把事业仅仅看作是付出，仅仅看作是为他人的利益而受苦受累——这意味着需要报答，可这希冀倘若落空呢，事业岂不成了一场折磨人的灾难吗？

顺便说一句，在信念的领域里可以不考虑经济规律，但这绝不意味着按劳分配的原则应该废弃。

A：你是怎么选择了写作这条路的呢？听说你身体残疾后，也曾一度想去死？

S：不是一度，是几度。这方面的事，在和M的谈话中已经说过了。

后来我想再活一活试试，以观后效。一个人，不管他曾经与死神的关系多么密切，如果现在他想活下去试试，他总得做些事，否则不劳而食你会觉得羞耻，否则精神无以安顿你会觉得时间漫长有如徒刑。必须得干些事。

我先到一个街道生产组找了个工作。那不是正式工作，干一天拿一块钱，再无其他待遇；所得工资可以温饱，关键是自力更生了，没有活成个负数，这感觉让人踏实。生产组是一间低矮破旧的老房，成员多是家庭妇女、老头、老太太和残疾人，每天在昏暗的光线里画些美丽的图案兼而嬉笑怒骂；那也是生活，如果你能体会，那样的生活里也一样包含了深意。这感觉给人希望，生活从不轻易抛弃谁。老头老太太们都对我好，他们没有文化但有饱满的人情味儿，这感觉让人温暖，让人对生活多了信心。我自以为工作得努力，肯定对得起那份工作，这样感觉比占了便宜要舒服。当然，我还不满意，我想我说不定还能干些更有趣的事。人对快乐的要求没有个够，我以为这不是坏思想。

一开始我先自学了一年外语，但很快就发现既无资料可供我笔译，也没人要我去做口译，外语这东西不用就忘，于是浅尝辄止。现在外语的用处多了，可我也老了，学不彻底就该火化了，下辈子再学吧。后来又学画彩蛋、画仕女图，虽第一批交货即通过验收，但毕竟不是兴趣所在，便又半途而废。那时周围的人都在学数理化准备考大学，我动了七八回心，终于明白人家不肯录取残疾人，就没去碰那个钉子。干什么呢？想了好久，想起我上学时作文一向有好分数，平时喜欢文学，心里又颇多感受，就试试写作吧。

选择一项事业（或者找一条能够载渡精神的船）的时候，应该想起兵书上的一句话：知己知彼，百战不殆。没有谁是为了失败而工作的，因为注定的失败不能引导出一个如醉如痴的过程。所谓知己，就是要知道自己的兴趣何在，自己的禀赋何在。如果你喜欢文学，可你偏偏不肯舍弃一个学化学的机会，且不说没有兴趣你的化学很难学好，即便你小有成就那也是你的悲剧。如果你是一个数学天才，比如说是一个潜在的陈景润，可你对此昏然不知偏要去当一个写小说的，结果多半不妙。所谓知彼，就是得知道客观条件允许你干什么。如果你热爱起足球的时候已经四十多岁，你最好安心做一个球迷，千万别学马拉多纳了。如果你羡慕三毛，你也有文学才能，但是你的双腿一动都不能动，你就不要向往撒哈拉，你不如写一写自己心中的沙漠。我一贯相信，每个人都有自己的所长，倘能扬长避短谁都能有所作为；相反如果弃长取短，天才也能成为蠢材，不信让陈景润与托尔斯泰调换一下工作试试看。对事业的选择，要根据“知己知彼”的原则，可别为“热门”或时髦所左右。

然后还得需要点儿勇气，需要冒一点风险，没有什么办法能保证你肯定有一条金光大道。我开始想写作的时候，人们提醒我说，你哪儿都去不了不能深入生活，你凭什么能干这一行呢？我自己心里也打鼓。可是我忍不住地想写。我有纸也有笔，还有好多想法，别人一天有二十四小时的生活，我一天也有二十四小时的生活，所有的生活一样都有品味不尽的深意，我就偷偷地写了一点，自己觉得还有希望，于是豁出去了，写！如果你看不出你的选择有什么不对头，你得豁得出去，你得敢于试试，一条道走到黑或者不撞南墙不回头。当然那时我已经在街道生活组挣着自己的饭钱了，我想我最不济是个0，不会是个负数了。

A：幸好你没撞到南墙。

S：到现在为止，我看我还不需要回头。

A：要是撞了呢？要是你撞着南墙呢？

S：要是你发现你确实不适合干某一行，你还得敢于回头，及时回头。这不丢人，事业不是为了撞南墙的，撞死在南墙下算不上勇敢。这方面你不行，你得相信在其他方面你未必都不行。

A：一开始你就相信，写小说你肯定行吗？

S：我只是认为我不见得不行。我没有把它当成一件只许成功不许失败的事来干。寻找也可以算一种事业。尝试也是一个有价值的过程。鉴于我们的选择无论多么科学多么慎重，我们仍有失败的可能，所以我们还是得把注重点从目的移向过程。

A：你很幸运。

S：你是指我的残疾？

A：别起哄，我是说能把这些事想得明白，这也是一种幸运。

S：不起哄，也许正因为命运让我有机会见识了绝境，这确实算得一种幸运。

A：你毕竟找到了你所感兴趣的事业，并不是谁都有这样的福气。

S：可是谁都有业余时间。现在的工作分配还不可能都根据个人的兴趣，可是挣完了饭钱还有不少时间，这些时间全凭个人调度。

A：你在事业上有过挫折吗？

S：我绝对认为我的智商适中。我好几次都认为我得改行了，根据“知己知彼”的原则想了又想，还是没改。我现在不大发愁写什么，可怎么能写得更好估计永远都是一个问题。

A：事业上的挫折，难道不给你带来苦恼吗？

S：当然。如果挫折不带来苦恼，成功也就不带来快乐了。

A：你怎么摆脱这样的苦恼呢？

S：一遍一遍地摆脱，没完没了地摆脱。一次一次地相信：船不是目的，河也不是，目的是诚心诚意尽心尽力地漂泊。

A：那也许是因为，你在事业上毕竟算个成功者。

S：我不起哄可是你起哄。成功与否完全是个度量标准的问题。

A：总归人家管你叫作家，不管我叫什么“家”。

S：那是因为很多事不大公道，现在“作家”这个头衔不值钱，发表几篇小说就算个“家”，比当别的“家”——比如科学家、哲学家、数学家——要省事得多。而且写小说容易出名，因为你写了，总得签上你的名。

A：我看你是得了便宜卖乖。

S：我料到你要这么说了。不过你说的也许不全错。

可是还是得说，千万别把事业当成一项赌注。尤其是我们残疾人，千万别以为某项事业成功了，你的一切艰难困苦就都迎刃而解了，根本没那回事。就算我像你说的那样是个事业的成功者吧，那么我以这个身份最想说的就是，事业的成功确实让人兴奋，但它不为人解决其余的问题，兴奋之后清静下来，一瞧：所有的问题都还在，一如既往。

A：可是对于残疾人来说，它至少可以解决工作问题。

S：你存心跟我作对，存心让我理屈词穷是不是？我得承认有这么回事，这样的事真让人遗憾。不过人大常委会很快就要通过一项“残疾人保障法”了，将明文规定残疾人与所有的人一样有工作的权利，以后谁不给残疾人工作谁就是违法。

我们还是说说法律以外的问题吧，有很多问题不见得是法律能管得了的。

A：什么问题，比如说？

S：比如说，对残疾人的歧视，这种歧视常常只流露在别人的眼睛里，法律管不了吧？可你怎么办？比如说，爱情问题，法律说你有结婚的权利，可你所爱的人（当然他或她也爱你）因为种种并不违法的外界压力而离开了你，你怎么办？这些问题并不因为你在事业上的成功就可以消失。比如说，孤独，自卑，沮丧，活着到底为了什么？我们在走向哪儿？人类的理想一向很完美，可人类的现实为什么总是不尽如人意？这样的问题永远都在那儿等着你，并不因为你成了什么“家”它们就云消雾散。千万别把事业的成功作为一项赌注，当成一笔全面幸福的保险金，千万别以为你一旦功成名就天下的倒霉事就都归了别人，幸福就都归了你，那样想你会失望的，到时候你的诸多奢望不能兑现绝没有谁给你赔偿，而且你还会因此而失去事业原本为你预备的快乐，那才真叫一败涂地呢。对于事业，我想还是“只问耕耘，不问收获”来得聪明，那样事业这条船才能一直载歌载舞载欢载乐。

我知道有一位残疾朋友，他一心要写小说，发誓不成功则成仁，什么事都不做，什么事都不屑于做，他说就是要有这样的决心和雄心，他说他相信成功和幸福必定会在某一天早晨成为事实。我不敢贸然说他不是天才，但我以为对于绝大多数不是天才的人来说，这么干挺危险。从我这个凡夫俗子的角度看，文学创作跟学外语大不相同，不是忍得几载寒窗苦就能行的，它需要自自然然地去体会生存这件事，然后需要不急不躁地去写。要紧的还不在这儿，要紧的是他不成功他会痛苦，他真的成功了他也见不到预期的那种幸福。还是那句话，事业是一条船，可船不是目的，船只有在航程中才给人提供创造的快乐和享受这快乐的机会。

A：我知道有一个人，他说他要是写不好小说他就一辈子不谈恋爱。

S：这可麻烦了。我总认为不会恋爱的人就不会写作。我总想，不懂得爱情的人可能懂得艺术吗？我总怀疑，要是漂泊不能吸引你，你跳到船上去干吗呢？依你看呢？

A：依我看你刚才贬低了学外语的。

S：对不起，要是有这样的事肯定不是出于恶意。

A：我以为对一个人来说，不管他干哪一行，他都应该对丰富多彩的生活葆有激情。任何事业都不应该把人弄成机器，事业的成功是一回事，人的成功是另外一回事。

S：这是我说的。

A：是我，是我说的。

S：是你替我说的。

A：你真矫情。

S：你也一样。

四 关于平等

M：《中国残疾人》上关于平等问题的讨论，你觉得怎么样？

S：好。

M：就一个字？怎么好？

S：怎么都好。这样的讨论本身就好，这讨论本身就是平等的一次实现。

M：你是说先不必期待一个放之四海而皆准的真理，先不必统一思想？

S：不是先不必，是永远不必。

M：那干吗要讨论？

S：那才要讨论。为什么讨论偏要以统一思想为目的呢？譬如平等，是意味着统一思想统一行动呢，还是说，每一种处境、每一种心绪都有被了解的机会（或权利）呢？是“非礼勿言”平等呢，还是“百花齐放”平等？

M：经过这样的讨论，不仅能使我们互相了解，也使每个人自己更了解自己了。

S：我曾经也像戈奇那样苦笑、尖刻、拍案而起过。现在嘛，我想我更赞成东野长峥的态度。我想我非常理解戈奇，我想东野长峥一定也是从那条愤怒的路上走过来的。我现在仍然相信那是美丽的愤怒，那是真正渴望平等的愤怒，那是真诚的哭喊和笑骂。我们不能做鬼我们也不要成仙，我们不忍受欺侮同样不忍受溺爱，我们看得出在过分的优待和小心的恭维后面，并非有意但确实还是非人的看待。我曾经写过，譬如说，一个人拉一辆车完全算不得什么光荣，但一只猴子拉一辆车却赢得满场的喝彩。要是我们听了类似的喝彩而不愤怒，甚至还扬扬自得，我们就很有危险沦为舞台上一道伪劣的风景。但是……

M：“但是”后面大做文章。

S：“但是”后面确实有文章可做。

M：当然当然。别愤怒，百花齐放。

S：也可以百花怒放。不过不保证肯定不是毒草。

我看，平等，这件事跟爱情差不多。平等很可爱，是你朝思暮想的情人，比如这么说。但是，不是你爱上谁谁就也得爱你。不是你渴望平等，人家就一定把你平等相看。为此你拍案而起，得，人家没准儿更躲你远点儿，怕不留神“欺负”了你。人家跟你说话总得加着小心，那样你准保又要愤怒——难道跟残疾人说话就总得这么小心翼翼吗？你又要喊——残疾，给了我们什么特权！就这样，你越愤怒人家越把你另眼相看，越给你特权，然后你更加地愤怒，结果弄成了个怪圈，一圈一圈地转下来你离平等越远了。（顺便说一句，你把人家也弄进一个怪圈里去了——欺负你是欺负你，不欺负你还是欺负你。）我曾经就是这样，把自己和别人都弄到怪圈里去了。幸运的是我看见了这个怪圈，发现打破它的办法首先是放弃愤怒。从愤怒到放弃愤怒，不等于不会愤怒，不等于麻木，尤其不等于沾沾自喜于做一道伪劣的风景。

M：应该说，放弃对别人的愤怒，把那美丽的愤怒瞄准自己。

S：对对。因为，平等要是丢了，一定不是贼偷了，一定是自己糊里糊涂地忘了它在哪儿。平等，确实很像爱情，不可强求。强求有时可以成婚，但那婚姻中没有爱情。即使人家愿意送给你平等，但是送来的肯定不是平等。

M：不过，要是人家不认为你有爱的权利呢（还有工作的权利、学习的权利），你也放弃愤怒？

S：你是说有人在违法？那还用说？义不容辞，愤怒地把他送交法庭或诉诸舆论就是。不过我想，这样的局面并不是最难应付的局面。最难办的是人家并不违法，只是在心里看不起你，目光中流露着对你的轻视和可怜，你可有啥办法？

M：用行动，只有用行动消除他们的偏见！用我们的意志、作为、智慧，来消除他们的偏见。

S：好主意。好主意倒是好主意，可要是你的行动仅仅以他们的偏见为坐标，仅仅是根据那些偏见做出的反应，你还是有点儿像夺路而逃，逃进一种近乎复仇雪耻的勇猛中去了。但是这样的出逃，很可能急不择路而掉进什么泥沼里去。

我看过一本书，书中有段话，大意是这样：我们可以为了从高处鸟瞰风景的缘故而去爬一棵树，也可以由于有一头野兽在后面紧紧追赶的缘故而去爬一棵树。在这两种情形下我们都是在爬树，但动机却完全不同。前者，我们爬树是为了娱乐；后者，我们则是受恐惧的驱使。前者，我们要不要爬树完全是我们的自由；后者，我们喜不喜欢都得这样做。前者，我们可以寻找一棵最适合我们意图的树；后者，我们却无法选择，必须立刻就近爬上树去，也就是说由一头野兽替我们做出了选择。

M：这个比喻挺不错。平等的前提，非得是自由不可，心灵的自由。爹娘让你娶A小姐你无奈就娶了A小姐，这是包办婚姻；爹娘让你娶A小姐你一气之下就娶了B小姐，这其实仍不是自由婚姻。关键是你到底爱不爱？爱谁？你是不是尊重和服从了自己的爱、自己的愿望和意志？当然，你还得像尊重自己一样地尊重A小姐和B小姐的意愿。

S：事业也是这样，一切都是这个逻辑。当我们摆脱了那头野兽，当那头野兽看见我们就逃而不是我们看见它就逃，当我们忘记了残疾，就是说我们自己心里先不受那残疾的摆布，那时，平等便悄然而至，不用怎么喊它，它自然就要光临。光临得既不鬼祟也不张扬。它光临的方式，主要不是从门外进来拜访你，而是从你心底涌起，并饱满地在那儿久住。

M：残疾，你相信真能忘记它吗？要是仍然有人因为残疾而歧视你呢？

S：法律管不了的事，只好由文明的慢慢发达来解决。有句俗话——听蝲蝲蛄叫还不种庄稼了吗？

M：你不是说，我们就不需要别人特殊的帮助吗？

S：请你相信我，至少我没那么大能耐。世界上可有一个人不需要别人的帮助吗？如果把帮助和蔑视混淆，那头野兽就又要调头追来了，帮助，全是特殊的，没有统一型号。你个子矮，你要一双高跟鞋，我双腿瘫痪我不要高跟鞋，我要一辆轮椅和一些坡道，我们都不是孩子了，所以我们就不要谁再来摸摸我们的后脑勺儿，你说是不？

M：要不要你妻子摸一摸呢，有时候？

S：这另当别论。

一九八八年

游戏·平等·墓地

1. 游戏，摆脱时间的刑役

设若我们不管为了一个什么目的到一个什么地方去，坐火车去，要在火车上度过比如说三天三夜。我们带上吃的、喝的，以及活命七十二小时所必需的用物，要不就带上钱以备购买这些东西。当然此前我们先买好了车票，就是说我们的肉体在这趟车上已经确定有了一个位置。此外我们还得带上点儿什么呢？考虑到旅途的寂寞，带一副棋或一副牌，也可以是一本书，或者一个可以收听消息的小机器……很明显，这已不是活命的需要，这是逃避、抗拒，或者说摆脱时间空洞的需要，是活命之后我们这种动物所不可或缺的娱乐。如果没有棋没有牌没有书也没有消息，有一个彼此感兴趣的对话者也行，如果连这也没有，那么一个想象力丰富的人还可以在白日梦中与这个世界周旋，一个超凡入圣的人还可以默坐诵经以拒斥俗世的烦恼。但所有这些行为都证明了一个共同的起因：空洞的时间是不堪忍受的，倘其漫长就更是可怕的了。

据说有一种最残酷的刑罚：将一个人关在一间空屋子里，给他充足的食物、水、空气，甚至阳光，但不给他任何事做，不给他任何理睬，不给他与任何矛盾和意义发生关系的机会，总之，就这么让他活着性命，却让他的心神没有着落没有个去处，永远只是度着空洞的时间。据说这刑罚会使任何英雄无一例外地终致发疯，并在发疯之前渴望着死亡。

我们在那趟火车上打牌，下棋，聊天，看书，听各种消息并在心里给出自己的评价……依靠这些玩具和游戏逃过了七十二小时空白时间的折磨（我们之所以还挺镇静，是因为我们知道七十二小时毕竟不是太久），然后我们下车，颇有凯旋而归的感觉。其实呢，我们不过是下了一趟小车，又上了一趟大车。地球是一趟大车，在更为广阔的空间中走；生命是一趟大车，在更为漫长的时间中走。我们落生人间，恰如上了一趟有七八十年乃至更长行程的列车。在这趟车上，有吃的、喝的、空气、阳光以及活命所需的一切条件。但若在这趟车上光有一副牌一副棋之类的玩意儿就大大地不够，这一回我们不是要熬三天三夜，而是要度过一生！“无聊”这个词的出现，证明我们有点儿恐慌；前述那种最残酷的刑罚，点明了我们最大的恐惧并不是死亡，而是漫长而空洞的时间。幸好上帝为我们想得周全，在这趟车上他还为我们预备了取之不尽用之不竭的各式各样的矛盾和困阻。这些矛盾和困阻显示了上帝无比的慈悲。有了它们，漫长的时间就有了变化万千的内容，我们的心神就有了着落，行动就有了反响，就像下棋就像打牌就像对话等等等等，我们在各种引人入胜的价值系统中寻找着各自喜欢的位置，不管是“有情人终成眷属”还是“纵使齐眉举案，到底意难平”，我们就都能够娱乐自己了。谢谢上帝为我们安排得巧妙：想跑，便有距离；想跳，便有引力；想恋爱，便有男人也有女人；想灭欲，便有红尘也有寺庙；想明镜高悬，既能招来权门威逼也能赢得百姓称颂；想坚持真理，既可留一个美名也可落一个横死；想思考，便有充足的疑问；想创造，便有辽阔的荒寂；想真，便有假的对照；想善，便有恶的推举；想美，便有丑的烘托；想超凡入圣，便有卑贱庸碌之辈可供嘲笑；想普度众生，便有众生无穷无尽的苦难……感谢上帝吧，他给我们各种职业如同给我们各种玩具，他给我们各种意义如同给我们各种游戏，借此我们即可摆脱那种最残酷的刑罚了。

这样来看，一切职业、事业都是平等的。一切职业、事业，都是人们摆脱时间空洞的方法，都是娱乐自己的玩具，都是互为依存的游戏伙伴，所以都是平等的，本不该有高低贵贱之分。如果不是为了我们这种动物所独具的精神娱乐的需要，其实一切职业、事业都不必，度命本来十分简单——像一匹狼或一条虫那样简单，单靠了本能就已足够，反正在终于要结束这一点上我们跟它们没什么两样。所以我想，一切所谓精英、豪杰、大师、伟人都不该再昧了良心一边为自己贴金一边期待着别人的报答，不管是你们为别人做了什么贡献，都同时是别人为你们提供了快乐（助人为乐，不是吗？），最好别忘了这个逻辑，不然便有大则欺世小则卖乖之嫌疑。——当然当然，这也不全是坏，正如丑烘托了美，居功自傲者又为虚怀若谷的人提供了快乐的机缘。

2. 平等，上帝有意卖一个破绽给我们猜？

“一切职业、事业都是平等的”，这恐怕只是一个愿望，永远都只是一个愿望。事实上，无论是从酬劳还是从声誉的角度看，世间的职业、事业是不平等的，从来也没有平等过，谁也没有办法命令它们平等。

要是我们真正理解了上帝的慈悲，我们就应该欣然接受这一事实。上帝无比的慈悲，正在于他给了我们无穷无尽的矛盾和困阻，这就意味了差别的不可抹杀。如果没有平凡的事业、非凡的事业和更为伟大的事业之区分，就如同一出情节没有发展的戏剧，就等于是抽去两极使人类的路线收缩成一个无限小的点，我们娱乐的机缘很快就会趋于零了。这便如何是好呢？因为倘若平等的理想消失，就如同一种没有方向的游戏，就等于是抽去一极而使另一极也不能存在，结果还是一样，我们娱乐的机缘仍会很快消失。我们得想个法子，必须得有个办法既能够保住差别又可以挽救平等。于是一个现实主义的戏剧就不得不有一点理想主义的色彩了，写实的技巧就不得不结合浪漫的手法了，善不仅是真，善还得是美，于是我们说“人的能力有大小，只要如何如何我们的精神就一样都是伟大的”。这法子好，真的好，一曲理想的歌唱便在一个务实的舞台上回响了，就像繁殖的节奏中忽然升华出爱情的旋律。此一举巧夺天工，简直是弥补了上帝的疏漏。不过，也许是上帝有意卖一个破绽期待我们去猜透：在现实的舞台上不能消灭角色的差别，但在理想的神坛上必须树立起人的平等。

跟着，麻烦的问题来了：人的平等，是说任何人都应该是平等的吗？那，我们能够容忍——譬如说，“四人帮”和焦裕禄是平等的——这样的观点吗？绝对不能！好吧，把问题提得小一点：难道小偷可以与警察画等号吗？当然不能。为什么不能？因为人间这一现实的戏剧要演下去，总得有一个美好的方向，自由的方向，爱的方向，使人能够期待幸福而不是苦难，乃是这出戏剧的魅力所在（且不去管它真否能够抵达极乐世界），此魅力倘若消散，不仅观众要退席连演员也要逃跑了。所以，必须使剧情朝着那个魅力所系的方向发展，把一个个细节朝那个方向铺垫，于是在沿途就留下价值的刻度，警察和小偷便有善恶之分，焦裕禄与“四人帮”便有美丑之别。但是，没有凶残、卑下、愚昧，难道可以有勇敢、高尚和英明吗？没有假恶丑，难道可以有真善美吗？总而言之，没有万千歧途怎么会有人间正道呢？“地上本没有路，走的人多了，也便成了路”，这是一种常常给我们启迪的思想。但是，世上本没有路，是不是抬腿一走便是一条正道呢？当真如此，人生真是一件又简单又乏味的事了。很可能世上本来有很多路，有人掉进泥潭便使我们发现一条不能再走的路，有人坠落深渊便又使我们发现一条不能再走的路，步入歧途者一多我们的危险就少，所谓“沉舟侧畔千帆过”，于泥潭和深渊之侧就容易寻找正道了。这样看来，证明歧途和寻找正道即便不可等同，至少是一样地重要了。这样一想，我仿佛看见：警察押解着小偷，马克思怒斥着希特勒（尽管他们不是同时代的人），凡人、伟人、罪人共同为我们走出了一条崎岖但是通向光明的路，共同为我们提供了一个对称因而分明的价值坐标，共同为这出人间戏剧贡献了魅力。

我想，任何小偷，都没有理由说他生来就只配做一个被押解的角色吧？相信存在决定意识的唯物主义者，想必更能同意这种理解。这出人间戏剧啊，要说上帝的脚本策划得很周密，这我信。但要说上帝很公正，我却怀疑。不管是在舞台的小世界，还是在世界的大舞台，没有矛盾没有冲突便没有戏剧，没有坏蛋们的难受之时便没有好人们的开心之日，这很好。但是谁应该做坏蛋？谁应该做丑角？凭什么？根据什么究竟根据什么？偶然。我们只能说这纯粹是偶然的挑选，跟中彩差不多。但是生活的戏剧中必然地有着善与恶、对与错，也必然地需要着这样的差别和冲突，于是这个偶然的中选者就必然地要在我们之中产生，碰上谁谁就自认倒霉吧。那么这些倒霉的中选者自己受着惩罚和唾骂而使别人找到了快乐和光荣，不也有点儿舍己为人的意思吗？当然他们并无此初衷。当然也不能仅凭效果就给他们奖励。对极了，为了人类美好方向的需要，为了现世戏剧的魅力之需要，我们不仅不能给他们奖励而且必须要给他们恰当的惩罚。杀一儆百有时也是必要的，否则如何标明那是一条罪恶的歧途呢？但是，在俗界的法场上把他们处决的同时，也应当设一个神坛为他们祭祀。当正义的胜利给我们带来光荣和喜悦，我们有必要以全人类的名义，对这些最不幸的罪人表示真心的同情（有理由认为，他们比那些为了真理而捐躯的人更不幸），给这些以死为我们标明了歧途的人以痛心的纪念（尽管他们是无意的）。我们会想起他们天真的童年，想起他们本来无邪的灵魂，想起如果不是他们被选中就得是我们之中的谁被选中，如果他们没被选中他们也会站在我们中间。我们虔诚地为他们祈祷为他们超度吧，希望他们来世交好运（如果有来世的话），恰恰被选去做那可敬可爱的角色。我听说过有这样的人，他们向二次大战中牺牲的英雄默哀，他们也向那场战争中战死的罪人默哀。这件事永远令我感动。这才真正是懂得了历史，真正怀有博大的爱心和深重的悲悯。这样人类就再一次弥补了上帝的疏漏（如果不是上帝有意卖一个破绽留给我们去参悟的话），使人人平等的理想更加光芒四射。

在人间的舞台上，英雄、凡人、罪人是不能平等的。那，现在我们以人人平等为由所祭祀的，是不是抽象的人呢？因而是不是一种哗众取宠的虚伪呢？是抽象的人，但并不是哗众取宠的虚伪；抽象的人不一定要真，正如理想，美就行，抽象的人是人类为自己描绘的方向。那么，这种不现实的人人平等又有什么用呢，不是吃饱了撑的瞎扯淡吗？一点都不瞎扯淡，理想从来就不与现实等同，但理想一向都是有用的。（顺便说一句，吃饱了，于猪是理想的完成，于人则仅仅是理想的开端。）唯当在理想的神坛上树立起人的平等，才可望有“法律面前人人平等”的现实。（没理由把“法律面前人人平等”单送给某一个阶级，因为这是属于全人类的智慧和财富。倘若有人卖假药，显然不能因而就把良药也消灭。）没有一个人人平等的神坛，难免就会有一个“君君臣臣”的俗界。不是吗？几千年的“君权神授”，弄来弄去跑不了是“刑不上大夫”的根由。

3. 墓地——历史的祭祀，万灵万物和解的象征

要是您白天忙了一天，晚上去看戏，戏散了您先别走，我告诉您一个最迷人的去处：后台。我们，我和您，我们设想自己还原成了两

个孩子，两个给根棒槌就认真（纫针）的孩子，溜进后台。两个孩子想向孙悟空表达一片敬意，想劝唐僧今后遇事别那么刚愎自用，想安慰一下牛郎和织女，再瞅机会朝王母娘娘脸上啐口唾沫。可是，两个孩子忽然发现卸了装的他们原来是同事，一个个“好人”卸了装还是好人，一个个“坏蛋”卸了装也是好人，一个个“神仙”和“凡人”到了后台原来都是一样，他们打打闹闹互相开着玩笑，他们平平等等一同切磋技艺，“孙悟空”问“猪八戒”和“白骨精”打算到哪儿去度蜜月，于是“唐僧”和“王母娘娘”都抱怨市场上买不到像样的礼品。这时候两个孩子除了惊讶，势必会有一些说不清的感动一直留到未来的一生中去。

孩子长大了，有一天他走到一片墓地，在先人的坟墓前培一捧土、置一束花，默立良久。他有可能是我，也有可能是您。那是某一年的清明。每年的清明都是一样。墓地上无声地传诵着先人的消息，传诵着无比悠远、辽阔和纷繁的历史。往日的喧嚣都已沉寂；往日的悲欢都已平息；往日的功过荣辱，都是历史走到今天的脚步；往日千差万别的地位，被人类艰苦卓绝的旅程衬比得微不足道；曾经恩恩怨怨的那些灵魂，如今都退离了前台，退出了尘世的角色，“万法归一”，如同谢幕一般在幽冥中合唱一曲祭歌，祭祀着人类一致的渴盼与悲壮，因而平等。这时候我，或者您，又闯到世界大舞台的后台去了，这才弄明白，我们曾在舞台小世界的后台所得的那份感动都是什么。

这时我才懂得，人类为什么要有墓地。此前我总是蔑视墓地，以为无用，以为是愚昧的浪费。现在我懂了，那正是历史的祭坛，是象征人类平等的形式。

但是后台也常常不免让人灰心，我发现那墓地的辉煌与简陋竟也与死者生前的地位成正比。譬如说：为什么伟人死后要塑一尊像要建一座殿堂，而凡人死了只留一把灰和一捧土呢？难道现世的等级还要延展到虚冥中去分化人类的信念吗？难道人不是平等的，连在祈望中都不能得到一个平等的象征吗？无论再怎么解释都难有说服力，从不见有一座（哪怕是一座！）凡人纪念堂这一事实，到底是令人悲哀的。我的朋友力雄曾写过一篇文章，他设想建一座凡人纪念堂（不仅仅是骨灰堂），每一个凡人都有资格在那儿占一块小小的空间，小到够放置几页纸或一个小本子就行了。每个人都可以在那儿记录下他们平凡的一生及其感受，以使后人知道历史原来都是什么，以偿人类平等的夙愿。

这设想让我感动不已。我对力雄说，我也有一个不错的想法，很久了。我想，我死的时候穿的什么就是什么，不要特意弄一身装裹，然后找一块最为贫瘠的土地，挖一个以我的肩宽为直径的深坑，把我垂直着埋进去，在那上面种一棵合欢树。我喜欢合欢树。我想这是个好办法。人死了，烧了，未免太无作为，不如让他去滋养一棵树，给正在灰暗下去的地球增添绿色。我想为什么不能人人如此呢？沙漠的扩展、河流的暴虐无常、恶劣气候的频繁，正给人类的生存带来威胁，而这，都是因为地球上的森林正在与日俱减。要是每个人死了都意味着在荒贫的裸土上长成一棵树，中国有十一亿人世界有五十亿人，一百年后中国便多出十几亿棵树，世界便多出五十几亿棵树，那会是一片片多么大的森林！那时候土地会变得肥沃，河流会变得驯顺而且慷慨，气候会更懂秩序，一年四季风调雨顺。当然不是都种合欢树，谁喜欢什么树就种什么树，树都是平等的。后人像爱护先人的坟墓那样爱护着这些树，每逢祭日，培土还是培土，酹酒改为浇灌，献花改为剪枝，死亡不单意味着悲痛，更不意味着浪费，而是意味着建设，意味着对一片乐土的祈祷和展望。森林逐日地大起来，所有可爱的动物和美丽的植物都繁荣昌盛。那样，墓地不仅是人类历史的祭坛，不仅是人类平等的象征，还是万灵万物的圣殿，还是人与自然和解的象征与实证。力雄说我这个想法也很好，就让他那个凡人纪念堂坐落在这样的森林中间，或者就让凡人纪念堂的周围长起这样的大森林来。

我想，为了记住这一棵树下埋的是谁，也可以做一面小小的铜牌挂在树上，写下死者的名字。比如说我，那铜牌上不要写史铁生之墓，写：史铁生之树。或者把树的名字也写上：史铁生之合欢树。

一九九一年七月三十日

复杂的必要

母亲去世十年后的那个清明节，我和父亲和妹妹去寻过她的坟。

母亲去得突然，且在中年。那时我坐在轮椅上正惶然不知要向哪儿去，妹妹还在读小学。父亲独自送母亲下了葬。巨大的灾难让我们在十年中都不敢提起她，甚至把墙上她的照片也收起来，总看着她和总让她看着我们，都受不了。才知道越大的悲痛越是无言：没有一句关于她的话是恰当的，没有一个关于她的字不是恐怖的。

十年过去，悲痛才似轻了些，我们同时说起了要去看看母亲的坟。三个人也便同时明白，十年里我们不提起她，但各自都在一天一天地想着她。

坟却没有了，或者从来就没有过。母亲辞世的那个年代，城市的普通百姓不可能有一座坟，只是火化了然后深葬，不留痕迹。父亲满山跑着找，终于找到了他当年牢记下的一个标志，说：离那标志向东三十步左右就是母亲的骨灰深埋的地方。但是向东不足二十步已见几间新房，房前堆了石料，是一家制作墓碑的小工厂了，几个工匠埋头叮当地雕凿着碑石。父亲憋红了脸，喘气声一下比一下粗重。妹妹推着我走近前去，把那儿看了很久。又是无言。离开时我对他们俩说：也好，只当那儿是母亲的纪念堂吧。

虽是这么说，心里却空落得以至于疼。

我当然反对大造阴宅。但是，简单到深埋且不留一丝痕迹，真也太残酷。一个你所深爱的人，一个饱经艰难的人，一个无比丰富的心魂……就这么轻易地删减为零了？这感觉让人沮丧至极，仿佛是说，生命的每一步原都是可以这样删除的。

纪念的习俗或方式可以多样，但总是要有。而且不能简单，务要复杂些才好。复杂不是烦冗和耗费，心魂所要的隆重，并非物质的铺张可以奏效。可以火葬，可以水葬，可以天葬，可以树碑，也可为死者种一棵树，甚或只为他珍藏一片树叶或供奉一根枯草……任何方式都好，唯不可一味地简单。任何方式都表明了复杂的必要。因为，那是心魂对心魂的珍重所要求的仪式，心魂不能容忍对心魂的简化。

从而想到文学。文学，正是遵奉了这种复杂原则。理论要走向简单，文学却要去接近复杂。若要简单，任何人生都是可以删简到只剩下吃喝屙撒睡的，任何小说也都可以删简到只剩下几行梗概，任何历史都可以删简到只留几个符号式的伟人，任何壮举和怯逃都可以删简成一份光荣加一份耻辱……但是这不行，你不可能满足于像孩子那样只盼结局，你要看过程，从复杂的过程看生命艰巨的处境，以享隆重与壮美。其实人间的事，更多的都是可以删简但不容删简的。不信去想吧。比如足球，若单为决个胜负，原是可以一上来就踢点球的，满场奔跑倒为了什么呢?

一九九五年二月十日

第五章

人间智慧必在某处汇合

欲在

信者境界，或可一字概括：爱。思者境界呢，三个字：为什么？

一说到爱，人生之荒诞便似得到拯救，存在之虚无也似有了反驳。但是为什么呢？为什么偏偏是爱而非其他，比如说为什么不能是恨？

若把迁延漫展的人类历史比作一部交响曲，每个人就都是一个音符；音符一个接一个地前赴后继，才有了音乐。这比喻若无不当，恨就是必遭淘汰的。恨意味着拒斥他者，是自行封闭、相互断裂的音符，结果是噪音。噪音占了上风，音乐势必中断，意义难免消解。爱却不同，爱是对他者的渴望，对意义的构筑。爱，既坦然于自己的度过，又欣然于他者的取而代之，音乐由之恒久，意义才不泯灭。

当薄弱的音符跟随了丰饶的音乐，或遥远的梦想召唤起孤单的脚步，生命便摆脱了不知所求的荒诞，存在便跳出了不知所从的虚无。所以爱是拯救，她既拯救了音符又成就了音乐，既拯救了当下又成就着永恒。再要问为什么，那就只能是问：我们为什么要音乐而不仅仅是音符？为什么要意义、要永恒而不仅仅是活在当下了？回答是：欲在——人类要生存下去，世界要存在下去。

至此就不能再问为什么了，这是上帝的意图。所谓上帝的意图，是说，此人力所不可抗拒的处境、人智所无能更改的事实。创世之因众说纷纭，后果却是一样——不容分说地都要由人来承担。为什么要承担呢？回答还是：欲在——世界要存在下去，人类要生存下去。

至于创世之法，无论专利何属，都是两条：一是分离，即从无限的混沌中分离出鲜明的有限之在；二是感知，即人对世界的感知，或有限与无限的互证。而前者是亲和的势能——爱欲由之诞生；后者则注定了迷茫——困苦因而必然。对此也要问个为什么的话，回答可以相当严厉：否则一切都不存在；也可以比较浪漫：创造要存在下去，存在要创造下去，上帝乐此不疲，结果还是那两个字：欲在。

好吧，欲在，可这有什么意义吗？有哇！一是警告轻狂：生命是一出时时更新的戏剧，但却有其不容篡改的剧本。二是鼓舞乐观：每一个被限定的角色，都可以成就一位自由的艺术家。

爱，所以不是一件卿卿我我的小事，更不止于族群繁衍的一道必要程序。爱是受命于上帝的一份责任，是据其丰饶乐谱的一次次沉着的演奏。既要丰饶，则必水复山重、起伏跌宕，则必奇诡不羁、始料未及，或庄严沉重，或诙谐恣肆，甚至于迷茫困顿、荒诞不经……总之，丰饶的收益是驱除了寂寞，代价是困苦的永恒伴随。爱，所以又不是命运的插曲，不是装饰音，是主旋律——所有的乐段中都有她的影子，时而明朗，时而隐约，昂扬高亢或沉吟低回。

所以，尼采说伟大的人是爱命运的。爱命运才是爱的根本含义，才是爱的至高境界。并非所有的命运都会让人喜欢，但不管什么样的命运你都要以爱的态度来对待，这不单是受造者（局部或当下）对创造者（整体或永恒）的承诺，更是上帝（音乐）拯救人（音符）于魔掌（噪音）的根本方略。魔掌者何？佛家有很好的总结：贪、嗔、痴。

借助上帝的创造，魔鬼也诞生了。魔鬼必然诞生，否则神圣何为？或者竟是，为了遏制魔鬼的统治，上帝才开始其创造的吧："太初，上帝创造宇宙，大地混沌，没有秩序。怒涛澎湃的海洋被黑暗笼罩着。上帝的灵运行在水面上。上帝命令：'要有光。'光就出现。上帝看光很好，就把光和暗隔开……"上帝以其丰饶的音乐照亮了黑暗，以其鲜明的有形拓开了混沌，以其悲壮的戏剧匡正了无序。所以人不该埋怨命运。人埋怨命运，就像果实埋怨种子，就像春风埋怨寒冬、有序埋怨混沌、戏剧埋怨冲突……但照此逻辑推演下去，必致问题的不可收拾：是否光明也要喜欢黑暗，美好也要喜欢丑恶，智慧也要喜欢愚蠢……最终上帝也要喜欢魔鬼呢？麻烦了，麻烦的是这逻辑不无道理。

看来上帝应该是喜欢魔鬼的，否则他让我们喜欢存在即属无理。这推论很是诚实，而诚实，难免会引出进一步的问题——

上帝你不喜欢魔鬼，为什么要造出魔鬼？——这是对上帝的价值追问。上帝他并不喜欢魔鬼，但要创造一切就不得不放出魔鬼。——这是对上帝能力的质疑。上帝我喜不喜欢魔鬼，与你（们人类）何干？——这差不多就是上帝给约伯的回答。

听明白了吗？对人来说，这是一位冷漠的上帝。但对宇宙来说，这是一位负责任的上帝。正如对戏剧来说，这是一位明智的编导。但是对角色和演员——尤其是一个卑下的角色，或一位拙劣的演员来说，怎样呢？难道为了排遣上帝的寂寞，就得有那么多无辜的生命去忍受那么多悲惨的命运？《卡拉玛佐夫兄弟》中有一句严厉的抱怨，大意是：这戏剧的代价我们付不起！

不过约伯却非如此。听罢上帝的回答，约伯不再委屈，反而坚定了信念。约伯听懂了什么？想必就是尼采的那句话：爱命运。

爱命运，不等于喜欢命运。喜欢，意味着欲占有；爱，则是愿付出。躲避疑难的戏剧，就像酒肉朋友的闲聊，或相互吹捧的研讨会，有意煽情，无心付出。记得有人说过，“煽动家的秘诀就是表现得像其听众一样愚蠢，以便听众觉得自己像他一样聪明”。套用一下就是：煽情者的秘诀是表现得像听众一样脆弱，以便听众感觉自己像他一样多情。而付出，或疑难，却不单是角色和演员的事，也是观众的事；或者说，在生命的戏剧中并没有纯粹的观众。所以，上帝并非是让你喜欢存在，而是要你热爱存在。他也并非是喜欢魔鬼，而是以其不惧魔鬼的创世勇气，来启发人们不避疑难的爱的能力。

要紧的是，得分清上帝的三重含义，或基督信仰的“三位一体”——圣父、圣子、圣灵。圣父即创造了世界万物的那一位，故名创世主。圣子即来到人间与人同苦、教人互爱的那一位，故名救世主。圣灵呢，则是指一种时刻、一种状态——即那神圣的爱愿降临人间的时刻、落实于人之内心或监督于人之左右的状态。所以伟大的戏剧，刘小枫说，皆为圣灵降临的叙事。

说神，道主，怕又要惹人疑忌。其实呢，“名可名，非常名”，“姑且名之”罢了。比如前一位，你叫它“大爆炸”也行，谓之“太初有道”或“第一推动”也可；名者，不过为着言说之便。关键在于，无论何名，人也弄不清那创世之因到底是咋回事——比如“第一推动”是谁在推动？最初的有——比如进化的起点，是怎么有的？然而，我们处身其中的这个世界确已从无到有，那就必具其因。而这因，却是神秘无比，人类现在不能、将来也未必就能了然其究竟。于是乎，神秘使之得名为“神”，人类与之相比的无知无能的地位，使之得名为“主”。任何人，不管是有神论者还是无神论者，都会在人力无能把握的危难面前祷告一声：上帝（或老天爷）保佑吧！——那就是他。

所以创世主当然是高高在上，当然是高不可攀，唯敬畏之而不可企及的。因而他常是一副冷漠无情的面孔，正所谓“天地不仁，以万物为刍狗”，你可以向他祷告、向他申诉，但除非运气好得过分，多半是要碰壁的。约伯的经验给人启发：上帝创造了世界，却不单是为某一个人创造的，也不单是为某一类叫作“人”的生命而创造的。譬如那轰然一响瞬间成就了无限可能的“大爆炸”吧，可理会你约伯或史铁生因之会有什么难处吗？就好比球赛，唯其公允方可开展，那就只有听凭无情的规则了，再大的球星也休想求其优惠。否则神将不神，人情的“后门”一开，或育贪官，或养黑哨。

能向他诉说和讨教的是后一位：救世主。虽然他也是前一位的作品，但若没有立于迷茫之中的人的探问与呼告，他便隐身于前者而永不诞生。所以也要感谢前一位，正是他的冷漠，为人启示了一条并不能根据物（质）而是要赖于（精）神的道路；正是他的无情，迫使人去为心魂另寻救路——而这正是救世主诞生的时刻！在人孤苦无告而不断询问与呼唤之时，他以其多情脱颖于无情；在人四顾迷茫而不见归途之际，他以其爱愿，温暖了这宇宙无边的冷漠。

是呀，命途无常，我们难免会向前一位祈求好运，此人情之常，无可厚非。只要记得：真正的神恩，恰是那冷漠的物界为生命开启的善美之门，是那无限时空为精神铺筑的一条永不衰减的热情之路。

先哲有言：神不是被证实的，而是被相信的。“看不见而信的人有福了”，并不是说盲从就好，而是说再精明的理性也是有限之在，难免会在与无限的交接部触及盲区，陷入疑难，对此你必须或必然要为自己树立一个非理性的信念。比如在死亡面前，愚弱者选择颤抖——幸好这恐惧并不长久；勇猛者选择闭目——肚里咬牙，心中没底，纵身跳向混沌；而信者坦然，并劝那一躯肉身——比如史铁生——也要镇定，以便看那永恒的“欲在”将展开怎样的另段路程。

但信者中还有一路，欢欣鼓舞于即将上天堂——这也不坏，尤其是为此他们做了许多好事作为铺垫。但依思者来看，除了降临于心的圣灵或天国，哪儿有什么“无苦而极乐”的所在？不过这问题倒不太大，倘其真的抵达天堂，虽不能闻，我们也还是要向他们发出祝贺。若其终未找到那样的终点呢，则愿他们“心若在，梦就在，只不过是从头再来”。这样，料必就会合情合理地磨炼成一种信念：心与梦一直都在那丰饶的音乐中，一次次沉着的演奏即是天堂，哪有什么终点？

但问题好像还没有完：神是被相信的，可人是如何相信的，又是为什么要相信呢？欲在——最简单的回答还是这两个字。但是，为什么一定是“欲在”，就不能是“不在”或“欲不在”吗？先说“欲不在”吧——欲不在的前提是在，而真正的欲不在者早已经不在了，可你为什么还在？再说“不在”——不在者不思不问、无知无觉，对它们取一份“爱护自然”的态度也就够了，无须理睬。

二〇〇八年八月三十日

病隙碎笔 · 一

一

所谓命运，就是说，这一出“人间戏剧”需要各种各样的角色，你只能是其中之一，不可以随意调换。

写过剧本的人知道，要让一出戏剧吸引人，必要有矛盾，有人物间的冲突。矛盾和冲突的前提，是人物的性格、境遇各异，乃至天壤之异。上帝深谙此理，所以“人间戏剧”精彩纷呈。

写剧本的时候明白，之后常常糊涂，常会说：“我怎么这么倒霉！”其实谁也有“我怎么这么走运”的时候，只是这样的时候不嫌多，所以也忘得快。但是，若非“我怎么这么”和“我怎么那么”，我就是我了吗？我就是我。我是一种限制。比如我现在要去法国看“世界杯”，一般来说是坐飞机去，但那架飞机上天之后要是忽然不听话，发动机或起落架谋反，我也没办法再跳上另一架飞机了，一切只好看命运的安排，看那一幕戏剧中有没有飞机坠毁的情节，有的话，多么美妙的足球也只好由别人去看。

二

把身体比作一架飞机，要是两条腿（起落架）和两个肾（发动机）一起失灵，这故障不能算小，料必机长就会走出来，请大家留些遗言。

躺在透析室的病床上，看鲜红的血在透析器里汩汩地走——从我的身体里出来，再回到我的身体里去，那时，我常仿佛听见飞机在天上挣扎的声音，猜想上帝的剧本里这一幕是如何编排。

有时候我设想我的墓志铭，并不是说我多么喜欢那路东西，只是想，如果要的话最好要什么？要的话，最好由我自己来选择。我看好《再别康桥》中的一句：轻轻的我走了，正如我轻轻的来。在徐志摩先生，那未必是指生死，但在我看来，那真是最好的对生死的态度，最恰当不过，用作墓志铭再好也没有。我轻轻地走，正如我轻轻地来，扫尽尘嚣。

但既然这样，又何必弄一块石头来做证？还是什么都不要吧，墓地、墓碑、花圈、挽联以及各种方式的追悼，什么都不要才好，让寂静，甚至让遗忘，去读那诗句。我希望“机长”走到我面前时，我能镇静地把这样的遗言交给他。但也可能并不如愿，也可能“筛糠”。就算“筛糠”吧，讲好的遗言也不要再变。

三

有一回记者问到我的职业，我说是生病，业余写一点东西。这不是调侃，我这四十八年大约有一半时间用于生病，此病未去彼病又来，成群结队好像都相中我这身体是一处乐园。或许“铁生”二字暗合了某种意思，至今竟也不死。但按照某种说法，这样的不死其实是惩罚，原因是前世必没有太好的记录。我有时想过，可否据此也去做一回演讲，把今生的惩罚与前生的恶迹一样样对照着，摆给——比如说，正在腐败着的官吏们去做警告？但想想也就作罢，料必他们也是无动于衷。

四

生病也是生活体验之一种，甚或算得一项别开生面的游历。这游历当然是有风险，但去大河上漂流就安全吗？不同的是，漂流可以事先做些准备，生病通常猝不及防；漂流是自觉的勇猛，生病是被迫的抵抗；漂流，成败都有一份光荣，生病却始终不便夸耀。不过，但凡游历总有酬报：异地他乡增长见识，名山大川陶冶性情，激流险阻锤炼意志，生病的经验是一步步懂得满足。发烧了，才知道不发烧的日子多么清爽。咳嗽了，才体会不咳嗽的嗓子多么安详。刚坐上轮椅时，我老想，不能直立行走岂非把人的特点搞丢了？便觉天昏地暗。等到又生出褥疮，一连数日只能歪七扭八地躺着，才看见端坐的日子其实多么晴朗。后来又患尿毒症，经常昏昏然不能思想，就更加怀恋起往日时光。终于醒悟：其实每时每刻我们都是幸运的，因为任何灾难的前面都可能再加一个“更”字。

五

坐上轮椅那年，大夫们总担心我的视神经会不会也随之作乱，隔三岔五推我去眼科检查，并不声张，事后才告诉我已经逃过了怎样的凶险。人有一种坏习惯，记得住倒霉，记不住走运，这实在有失厚道，是对神明的不公。那次摆脱了眼科的纠缠，常让我想想后怕，不由得瞑揖默谢。

不过，当有人劝我去佛堂烧炷高香，求佛不断送来好运，或许能还给我各项健康时，我总犹豫。不是不愿去朝拜（更不是不愿意忽然站起来），佛法博大精深，但我确实不认为满腹功利是对佛法的尊敬。便去烧香，也不该有那样的要求，不该以为命运欠了你什么。莫非是佛一时疏忽错有安排，倒要你这凡夫俗子去提醒一二？唯当去求一份智慧，以醒贪迷。为求实惠去烧香磕头念颂词，总让人摆脱不掉阿谀、行贿的感觉。就算是求人办事吧，也最好不是这样的逻辑。实在碰上贪官非送财礼不可，也是鬼鬼祟祟的才对，怎么竟敢大张旗鼓去佛门徇私舞弊？佛门清静，凭一肚子委屈和一沓账单还算什么朝拜？

六

约伯的信心是真正的信心。约伯的信心前面没有福乐做引诱，有的倒是接连不断的苦难。不断的苦难曾使约伯的信心动摇，他质问上帝：作为一个虔诚的信者，他为什么要遭受如此深重的苦难？但上帝仍然没有给他福乐的许诺，而是谴责约伯和他的朋友不懂得苦难的意义。上帝把他伟大的创造指给约伯看，意思是说：这就是你要接受的全部，威力无比的现实，这就是你不能从中单单拿掉苦难的整个世界！约伯于是醒悟。

不断的苦难才是不断地需要信心的原因，这是信心的原则，不可稍有更动。倘其预设下丝毫福乐，信心便容易蜕变为谋略，终难免与行贿同流。甚至光荣，也可能腐蚀信心。在没有光荣的路上，信心可要放弃吗？以苦难去做福乐的投资，或以圣洁赢取尘世的荣耀，都不是上帝对约伯的期待。

七

曾让科学大伤脑筋的问题之一是：宇宙何以能够满足如此苛刻的条件——阳光、土壤、水、大气层，以及各种元素恰到好处的比例，以及地球与其他星球妙不可言的距离——使生命孕育，使人类诞生？

若一味地把人和宇宙分而观之，人是人，宇宙是宇宙，这脑筋就怕要永远伤下去。天人合一，科学也渐渐醒悟到人是宇宙的一部分，这样，问题似乎并不难解：任何部分之于整体，或整体之于部分，都必定密切吻合。譬如一只花瓶，不小心摔下几块碎片，碎片的边缘尽管参差诡异，拿来补在花瓶上也肯定严丝合缝。而要想复制同样的碎片或同样的缺口，比登天还难。

八

世界是一个整体，人是它的一部分，整体岂能为了部分而改变其整体意图？这大约就是上帝不能有求必应的原因。这也就是人类以及个人永远的困境。每个角色都是戏剧的一部分，单捉出一个来宠爱，就怕整出戏剧都不好看。

上帝能否插手人间？一种意见说能，整个世界都是他创造的呀。另一种意见说不能，他并没有体察人间的疾苦而把世界重新裁剪得更好。从后一种理由看，他确是不能。但是，从他坚持整体意图的不可改变这一点想，他岂不又是能吗？对于向他讨要好运的人来说，他未必能。但是，就约伯的醒悟而言，他岂不又是能吗？

九

撒旦不愧是魔鬼，惯于歪曲信仰的意义。撒旦对上帝说：约伯所以敬畏你，是因为你赐福于他，否则看他不咒骂你！上帝想看看是不是这样，便允许撒旦夺走了约伯的儿女和财产，但约伯的信心没有动摇。撒旦又对上帝说：单单舍弃身外之物还不能说明什么，你若伤害他的身体，看看会怎样吧！上帝便又允许撒旦让约伯身染恶病，但信者约伯仍然没有怨言。

撒旦的逻辑正是行贿受贿的逻辑。

约伯没有让撒旦的逻辑得逞。可是，他却几乎迷失在另一种对信仰的歪曲中："约伯，你之所以遭受苦难，料必是你得罪过上帝。"这话比魔鬼还可怕，约伯开始觉到委屈，开始埋怨上帝的不公正了。

这样的埋怨我们也熟悉。好几次有人对我说过，也许是我什么时候不留神，说了对佛不够恭敬的话，所以才病而又病，我听了也像约伯一样顿生怨愤——莫非佛也是如此偏爱恭维、心胸狭窄？还有，我说约伯的埋怨我们也熟悉，是说，背运的时候谁都可能埋怨命运的不公平，但是生活，正如上帝指给约伯看到的那样，从来就布设了凶险，不因为谁的虔敬就给谁特别的优惠。

十

可是上帝终于还是把约伯失去的一切还给了约伯，终于还是赐福给了那个屡遭厄运的老人，这又怎么说？

关键在于，那不是信心之前的许诺，不是信心的回扣，那是苦难极处不可以消失的希望啊！上帝不许诺光荣与福乐，但上帝保佑你的希望。人不可以逃避苦难，亦不可以放弃希望——恰是在这样的意义上，上帝存在。命运并不受贿，但希望与你同在，这才是信仰的真意，是信者的路。

十一

重病之时，我总想起已故好友周郿英，想起他躺在病房里，瘦得只剩一副骨架，高烧不断，溃烂的腹部不但不愈合反而在扩展……窗外阳光灿烂，天上流云飞走，他闭上眼睛，从不呻吟，从不言死，有几次就那么昏过去。就这样，三年，他从未放弃希望。现在我才看见那是多么了不起的信心。三年，那是一分钟一分钟连接起来的，漫漫长夜到漫漫白昼，每一分钟的前面都没有确定的许诺，无论科学还是神明，都没给他写过保证书。我曾像他所有的朋友一样赞叹他的坚强，却深藏着迷惑：他在想什么，怎样想？

可能很简单：他要活下去，他不相信他不能够好起来。从约伯故事的启示中我知道：真正的信心前面，其实是一片空旷，除了希望什么也没有，想要也没有。

但是他没能活下去，三年之后的一个早晨，他走了。这是对信心的嘲弄吗？当然不是。信心，既然不需要事先的许诺，自然也就不必有事后的恭维，它的恩惠唯在渡涉苦难的时候可以领受。

十二

求神明保佑，可能是人人都会有的心情。“人定胜天”是一句言过其实的鼓励，“人是被抛到这个世界上来的”才是实情。生而为人，终难免苦弱无助，你便是多么英勇无敌，多么厚学博闻，多么风流倜傥，世界还是要以其巨大的神秘置你于无知无能的地位。

有一部电影，《恺撒大帝》。恺撒大帝威名远扬，可谓“几百年才出一个”。其中一个情节：他唯一倾心的女人身患重病，百般医药，千般祈告，终归不治。恺撒，这个意志从未遭遇过抗逆的君主，涕泪横流仰面苍天，一声暴喊："老天哪！把她还给我，恺撒求你了！"那一声喊让人魂惊魄动。他虽然仍不忘记他是恺撒，是帝王，说话一向不打折扣，但他分明是感到了一种比他更强大的力量，他以一生的威严与狂傲去垂首哀求，但是……结果当然简单——剧场灯亮，恺撒时代与电影时代相距千载，英雄美人早都在黑暗的宇宙中灰飞烟灭。

我也曾这样祈求过神明，在地坛的老墙下，双手合十，满心敬畏（其实是满心功利）。但神明不为所动。是呀，恺撒尚且哀告无功，我是谁？古园寂静，你甚至能感到神明在傲慢地看着你，以风的穿流，以云的变幻，以野草和老树的轻响，以天高地远和时间的均匀与漫长……你只有接受这傲慢的逼迫，曾经和现在都要接受，从那悠久的空寂中听出回答。

十三

有三类神。第一类自吹自擂好说瞎话，声称万能，其实扯淡，大水冲了龙王庙的事并不鲜见。第二类喜欢恶作剧，玩弄偶然性，让人找不着北。比如足球吧，世界杯赛，就是用上最好的大脑和电脑，也从未算准过最后的结局。所以那玩意儿可以大卖彩票。小小一方足球场，满打满算二十几口人，便有无限多的可能性让人始料不及，让人哭，让人笑，让翩翩绅士当众发疯，何况偌大一个人间呢。第三类神，才是博大的仁慈与绝对的完美。仁慈在于，只要你往前走，他总是给路。在神的字典里，行与路共用一种解释。完美呢，则要靠人的残缺来证明，靠人的向美向善的心愿证明。在人的字典里，神与完美共用一种解释。但是，向美向善的路是一条永远也走不完的路，你再怎样走吧，“月亮走我也走”，它也还是可望而不可即。

刘小枫先生在他的书里说过这样的意思：人与上帝之间有着永恒的距离。这很要紧。否则，信仰之神一旦变成尘世的权杖，希望的解释权一旦落到哪位强徒手中，就怕要惹祸了。

十四

唯一的问题是：向着哪一位神，祈祷？

说瞎话的一位当然不用再理他。

爱好偶然性的一位，有时候倒真是要请他出面保佑。事实上，任何无神论者也都免不了暗地里求他多多关照。但是，既然他喜欢的是偶然性而并不固定是谁，你最好就放明白些，不能一味地指靠他。

第三位才是可以信赖的。他把行与路做同一种解释，就是他保证了与你同在。路的没有尽头，便是他遥遥地总在前面，保佑着希望永不枯竭。他所以不能亲临俗世，在于他要在神界恪尽职守，以展开无限时空与无限的可能，在于他要把完美解释得不落俗套、无与伦比，不至于还俗成某位强人的名号。他总不能为解救某处具体的疾苦，而置那永恒的距离失去看管。所以，北京人王启明执意去纽约寻找天堂，真是难为他了。

十五

我寻找他已多年，因而有了一点体会：凡许诺实惠的，是第一位。有时取笑你，有时也可能帮你一把的是第二位。第三位则不在空间中，甚至也不在寻常的时间里，他只存在于你眺望他的一刻，在你体会了残缺去投奔完美，带着疑问但并不一定能够找到答案的那条路上。

因而想到，那也应该是文学的地址，诗神之所在，一切写作行为都该仰望的方向。奥斯威辛之后人们对诗产生了怀疑，但正是那样的怀疑吧，使人重新听见诗的消息。那样的怀疑之外，诗，以及一切托名文学的东西，都越来越不足信任。文学的心情一旦顺畅起来，就不大明白为什么一定要有它。说生活是最真实的，这话怎么好像什么也没说呢？大家都生活在生活里，这样的真实如果已经够了，文学干吗？说艺术源于生活，或者说文学也是生活，甚至说它们不要凌驾于生活之上，这些话都不易挑剔到近于浪费。布莱希特的“间离”说才是切中要害。艺术或文学，不要做成生活（哪怕是苦难生活）的侍从或帮腔，要像侦探，从任何流畅的秩序里听见磕磕绊绊的声音，在任何熟悉的地方看出陌生。

病隙碎笔·五

一

生命到底有没有意义？——只要你这样问了，答案就肯定是：有。因这疑问已经是对意义的寻找，而寻找的结果无外乎有和没有，要是没有，你当然就该知道没有的是什么。换言之，你若不知道没有的是什么，你又是如何判定它没有呢？比如吃喝拉撒，比如生死繁衍，比如诸多确有的事物，为什么不是？此既不是，什么才是？这什么，便是对意义的猜想，或描画，而这猜想或描画正是意义的诞生。

二

存在，并不单指有形之物，无形的思绪也是，甚至更是。有形之物尚可因其未被发现而沉寂千古，无形的思绪——比如对意义的描画——却一向喧嚣、确凿，与你同在。当然，生命中也可以没有这样的思绪和喧嚣，永远都没有，比如狗。狗也可能有吗？那就比如昆虫。昆虫也未必没有吗？但这已经是另外的问题了。

三

既然意义是存在的，何以还会有上述疑问呢？料其真正的疑点，或者忧虑，并不在意义的有无，而在于：第一，这类描画纷纭杂沓，到底有没有客观正确的一种？第二，这意义，无论哪一种，能否坚不可摧？即：死亡是否终将粉碎它？一切所谓意义，是否都将随着生命的结束而变得毫无意义？

四

如果不是所有的生命（所有的人）都有着对意义的描画与忧虑，那就是说，意义并非与生俱来。意义不是先天的赋予，而显然是后天的建立。也就是说，生命本无意义，是我们使它有意义，是“我”，使生命获得意义。

建立意义，或对意义的怀疑，乃一事之两面，但不管哪面，都是人所独具。动物或昆虫是不屑这类问题的，凡无此问题的种类方可放心大胆地宣布生命的无意义。不过它们一旦这样宣布，事情就又有些麻烦，它们很可能就此成精成怪，也要陷入意义的纠缠了。你看传说中的精怪，哪一位不是学着人的模样在为生命寻找意义？比如白娘子的“千年等一回”，比如猪八戒的梦断高老庄。

五

生命本无意义，是“我”使生命获得意义——此言如果不错，那就是说：“我”，和生命，并不完全是一码事。

没有精神活动的生理性存活，也叫生命，比如植物人和草履虫。所以，生命二字，可以仅指肉身。而“我”，尤其是那个对意义提出诘问的“我”，就不只是肉身了，而正是通常所说的：精神，或灵魂。但谁平时说话也不这么麻烦，一个“我”字便可通用——我不高兴，是指精神的我；我发烧了，是指肉身的我；我想自杀，是指精神的我要杀死肉身的我。“我”字的通用，常使人忽视了上述不同的所指，即人之不同的所在。

六

不过，精神和灵魂就肯定是一码事吗？那你听听这句话：“我看我这个人也并不怎么样。”——这话什么意思？谁看谁不怎么样？还是精神的我看肉身的我吗？那就不对了，“不怎么样”绝不是指身体不好，而“我这个人”则明显是就精神而言，简单说就是：我对我的精神不满意。那么，又是哪一个我不满意这个精神的我呢？就是说，是什么样的我，不仅高于（大于）肉身的我并且也高于（大于）精神的我，从而可以对我施以全面的督察呢？是灵魂。

七

但什么是灵魂呢？精神不同于肉身，这话就算你说对了，但灵魂不同于精神，你倒是解释解释，这为什么不是胡说？

因为，还有一句话也值得琢磨："我要使我的灵魂更加清洁。"这话说得通吧？那么，这一回又是谁使谁呢？麻烦了，真是麻烦了。不过，细想，这类矛盾推演到最后，必是无限与有限的对立，必是绝对与相对的差距，因而那必是无限之在（比如整个宇宙的奥秘）试图对有限之在（比如某个个人处境）施加影响，必是绝对价值（比如人类前途）试图对相对价值（比如个人利益）施以匡正。这样看，前面的我必是联通着绝对价值，以及无限之在。但那是什么？那无限与绝对，其名何谓？随便你怎么叫他吧，叫什么其实都是人的赋予，但在信仰的历史中，他就叫作：神。他以其无限，而真。他以其绝对的善与美，而在。他是人之梦想的初始之据，是人之眺望的终极之点。他的在先于他的名，而他的名，碰巧就是这个"神"字。

这样的神，或这样来理解神性，有一个好处，即截断了任何凡人企图冒充神的可能。神，乃有限此岸向着无限彼岸的眺望，乃相对价值向着绝对之善的投奔，乃孤苦的个人对广博之爱的渴盼与祈祷。这样，哪一个凡人还能说自己就是神呢？

八

精神，当其仅限于个体生命之时，便更像是生理的一种机能，肉身的附属，甚至累赘（比如它有时让你食不甘味，睡不安寝）。但当他联通了那无限之在（比如无限的人群和困苦，无限的可能和希望），追随了那绝对价值（比如对终极意义的寻找与建立），他就会因自身的局限而谦逊，因人性的丑陋而忏悔，视固有的困苦为锤炼，看琳琅的美物为道具，既知不断地超越自身才是目的，又知这样的超越乃是永远的过程。这样，他就不再是肉身的附属了，而成为命运的引领——那就是他已经升华为灵魂，进入了不拘于一己的关怀与祈祷。所以那些只是随着肉身的欲望而活的，你会说他没有灵魂。

九

比如希特勒，你不能说他没有精神，由仇恨鼓舞起来的那股干劲儿也是一种精神力量，但你可以说他丧失了灵魂。灵魂，必当牵系着博大的爱愿。

再比如希特勒，你可以说他的精神已经错乱——言下之意，精神仍属一种生理机能。你又可以说他的灵魂肮脏——但显然，这已经不是生理问题，而必是牵系着更为辽阔的存在，和以终极意义为背景的观照。

这就是精神与灵魂的不同。

精神只是一种能力。而灵魂，是指这能力或有或没有的一种方向，一种辽阔无边的牵挂，一种并不限于一己的由衷的祈祷。

这也就是为什么不能歧视傻人和疯人的原因。精神能力的有限，并不说明其灵魂一定龌龊，他们迟滞的目光依然可以眺望无限的神秘，祈祷爱神的普照。事实上，所有的人，不都是因为能力有限才向那无边的神秘眺望和祈祷吗？

十

其实，人生来就是跟这局限周旋和较量的。这局限，首先是肉身，不管它是多么聪明和健壮。想想吧，肉身都给了你什么？疾病、伤痛、疲劳、孱弱、丑陋、孤单、消化不好、呼吸不畅、浑身酸痛、某处瘙痒、冷、热、饥、渴、馋、人心隔肚皮、猜疑、嫉妒、防范……当然，它还能给你一些快乐，但这些快乐既是肉身给你的就势必受着肉身的限制。比如，跑是一种快乐，但跑不快又是烦恼；跳也是一种快乐，可跳不高还是苦闷，再比如举不动、听不清、看不见、摸不着、猜不透、想不到、弄不明白……最后是死和对死的恐惧。我肯定没说全，但这都是肉身给你的。而你就像那块假宝玉，兴冲冲地来此人间原是想随心所欲玩儿他个没够，可怎么先就掉进这么一个狭小黢黑的皮囊里来了呢？这就是生命？可是，问谁呢你？你以为生命应该是什么样儿？待着吧哥们儿！这皮囊好不容易捉你来了，轻易就放你走吗？得，你今后的全部任务就是跟它斗了，甭管你想干吗，都要面对它的限制。这样一个冤家对头你却怕它消失。你怕它折磨你，更怕它倏忽而逝不再折磨你——这里面不那么简单，应该有的可想。

但首先还是那个问题：谁折磨你？折磨者和被折磨者，各是哪一个你？

十一

有一种意见认为：是精神的你在折磨肉身的你，或灵魂的你在折磨精神的你。前者，精神总是想冲破肉身的囚禁，肉身便难免为之消损，即“为伊消得人憔悴”吧。后者，无论是“众里寻他千百度”，还是“独上高楼，望尽天涯路”，总归也都使你殚思极虑耗尽精华。为此，这意见给你的忠告是：放弃灵魂的诸多牵挂吧，唯无所用心可得逍遥自在；或平息那精神的喧嚣吧，唯健康长寿是你的福。

还有一种意见认为：是肉身的你拖累了精神的你，或是精神的你阻碍了灵魂的你。前者，比如说，倘肉身的快感湮灭了精神的自由，创造与爱情便都是折磨，唯食与性等等为其乐事。然而，这等乐事弄来弄去难免乏味，乏味而至无聊难道不是折磨？后者呢，倘一己之欲无爱无畏地膨胀起来，他人就难免是你的障碍，你也就难免是他人的障碍，你要扫除障碍，他人也想推翻障碍，于是危机四伏，这难道不是更大的折磨？总之，一个无爱的人间，谁都难免于中饱受折磨，健康长寿唯使这折磨更长久。因此，爱的弘扬是这种意见看中的拯救之路。

十二

但是，当生命走到尽头，当死亡向你索要不可摧毁的意志之时，便可看出这两种意见的优劣了。

如果生命的意义只是健康长寿（所谓身内之物），死亡便终会使它片刻间化作乌有，而在此前，病残或衰老必早已使逍遥自在遭受了威胁和嘲弄。这时，你或可寄望于转世来生，但那又能怎样呢？路途是不可能没有距离的，存在是不可能没有矛盾的，生是不可能绕过死的，转世来生还不是要重复这样的逍遥和逍遥的被取消，这样的长寿和长寿的终于要完结吗？那才真可谓是轮回之苦哇！

但如果，你赋予生命的是爱的信奉，是更为广阔的牵系，并不拘于一己的关怀，那么，一具肉身的溃朽也能使之灰飞烟灭吗？

好了，最关键的时刻到了，一切意义都不能逃避的问题来了：某一肉身的死亡，或某一生理过程的中止，是否将使任何意义都掉进同样的深渊，永劫不复？

十三

如果意义只是对一己之肉身的关怀，它当然就会随着肉身之死而烟消云散。但如果，意义一向牵系着无限之在和绝对价值，它就不会随着肉身的死亡而熄灭。事实上，自古至今已经有多少生命死去了呀，但人间的爱愿却不曾有丝毫的减损，终极关怀亦不曾有片刻的放弃！当然困苦也是这样，自古绵绵无绝期。可正因如此，爱愿才看见一条永恒的道路，终极关怀才不至于终极地结束，这样的意义世代相传，并不因任何肉身的毁坏而停止。

也许你会说：但那已经不是我了呀！我死了，不管那意义怎样永恒又与我何干？可是，世世代代的生命，哪一个不是“我”呢？哪一个不是以“我”而在？哪一个不是以“我”而问？哪一个不是以“我”而思，从而建立起意义呢？肉身终是要毁坏的，而这样的灵魂一直都在人间飘荡，“秦时明月汉时关”，这样的消息自古而今，既不消逝，也不衰减。

十四

你或许要这样反驳：那个“我”已经不是我了，那个“我”早已经不是（比如说）史铁生了呀！这下我懂了，你是说：这已经不是取名为史铁生的那一具肉身了，这已经不是被命名为史铁生的那一套生理机能了。

但是，首先，史铁生主要是因其肉身而成为史铁生的吗？其次，史铁生一直都是同一具肉身吗？比如说，三十年前的史铁生，其肉身的哪一个细胞至今还在？事实上，那肉身新陈代谢早不知更换了多少回！三十年前的史铁生——其实无须那么久——早已面目全非，背驼了，发脱了，腿残了，两个肾又都相继失灵……你很可能见了他也认不出他了。总之，仅就肉身而论，这个史铁生早就不是那个史铁生了，你再说“那已经不是我了”还有什么意思？

十五

可是，你总不能说你就不是史铁生了吧？你就是面目全非，你就是更名改姓，一旦追查起来你还得是那个史铁生。

好吧你追查，可你的追查根据着什么呢？根据基因吗？据说基因也将可以更改了。根据生理特征吗？你就不怕那是个克隆货？根据历史吗？可书写的历史偏又是任人打扮的小姑娘。你还能根据什么？根据什么都不如根据记忆，唯记忆可使你在一具“纵使相逢应不识”的肉身中认出你曾熟悉的那个人。根据你的记忆唤醒我的记忆，根据我的记忆唤醒你的记忆，当我们的记忆吻合时，你认出了我，认出了此一史铁生即彼一史铁生。可我们都记忆起了什么呢——我曾有过的行为，以及这些行为背后我曾有过的思想、情感、心绪，对了，这才是我，这才是我这个史铁生，否则他就是另一个史铁生，一个也可以叫作史铁生的别人。就是说，史铁生的特点不在于他所栖居过的某一肉身，而在于他曾经有过的心路历程，据此，史铁生才是史铁生，我才是我。不信你跟那个克隆货聊聊，保准用不了多一会儿你就糊涂，你就会问：哥们儿你到底是谁呀？这有点儿“我思故我在”的意思。

人间智慧必在某处汇合

凡说生命是没有意义的人，都要准备好一份回答：你是怎么弄清楚生命是没有意义的？你是对照了怎么一个意义样本，而后确定生命中是没有它的？或者，您干脆告诉我们，在那个样本中，意义是被怎样描述的？

这确实是老生常谈了。难道有谁能把制作好的意义，夹在出生证里一并送给你？出生一事，原就是向出生者要求意义的，要你去寻找或建立意义，就好比一份预支了稿酬的出版合同，期限是一辈子。当然，你不是债权人你是负债者，是生命向你讨要意义，轮不上你来抱怨谁。到期还不上账，你可以找些别的理由，就是不能以“生命根本就是没有意义的”来搪塞。否则，迷茫、郁闷、荒诞一齐找上门来，弄不好是要——像靡非斯特对待浮士德那样——拿你的灵魂做抵押的。

幸好，这合同还附带了一条保证：意义，一经你寻找它，它就已经有了，一旦你对之存疑，它就以样本的形式显现。

生命有没有意义，实在已无须多问。要问的是：生命如果有意义，如果我们勤劳、勇敢并且智慧，为它建立了意义，这意义随着生命的结束是否将变得毫无意义？可不是吗，要是我们千辛万苦地建立了意义，甚至果真建成了天堂，忽然间死神挺胸叠肚地就来了，把不管什么都一掠而光，一切还有什么意义呢？当然，你可以说天堂并不位于某一时空，天堂是在行走中、在道路上，可道路要是也没了、也断了呢？

所以还得费些思索，想想死后的事——死亡将会带给我们什么？果真是一掠而光的话，至少我们就很难反驳享乐主义，逍遥的主张也就有了一副明智的面孔。尤其当死亡不仅指向个体，并且指向我们大家的时候——比如说北大西洋暖流一旦消失，南北两极忽然颠倒，艾滋病一直猖狂下去，或莽撞的小行星即兴来访，灿烂的太阳终于走到了安息日……总之如果人类毁灭，谁来偿还“生命的意义”这一本烂账？

于是乎，关怀意义和怀疑意义的人们，势必都要凝神于一个问题了：生命之路终于会不会断绝？对此你无论是猜测，是祈祷，还是寻求安慰，心底必都存着一份盼愿：供我们行走的道路是永远都不会断绝的。是呀，也只有这样，意义才能得到拯救。

感谢“造物主”或“大爆炸”吧，他为我们安排的似乎正是这样一条永不断绝的路。

虽然尼采说“上帝死了”，但他却发现，这样一条路已被安排妥当：“权力意志说的是，为什么有一个世界而不是什么都没有；永恒回归说的是，为什么在这世界中有秩序。因为权力意志重复它自己，所以现实有秩序。……权力意志和永恒再现一起形成绝对肯定。”[1]

就是说，所以有这么个世界，是因为：这个世界原就包含着对这个世界的观察。或者说：这个世界，是被这个世界所包含的“权力意志”和“永恒再现”所肯定的。“权力意志”也有译为“强力意志”“绝对意志”的，意思是：意志是创生的而非派生的，是它使“有”或“存在”成为可能。这与物理学中的“人择原理”不谋而合。而“权力意志”又是“永恒回归”的。“永恒回归”又译为“永恒再现”或“永恒复返”，意思是：“一切事物一遍又一遍地发生”[2]，“像你现在正生活着的或已经生活过的生活，你将不得不再生活一次，再生活无数次。而且其中没有任何事物是新的……”[3]正如《旧约·传道书》中所言：“已有的事后必再有；已行的事后必再行。太阳底下并无新事。有哪件事人能说‘看吧，这是新的’？”[4]就这样，“权力意志”孕生了存在，“永恒回归”又使存在绵绵不绝，因而它们一起保证了“有”或“在”的绝对地位。

尼采对于“永恒回归”的证明，或可简略地表述如下：生命的前赴后继是无穷无尽的。但生命的内容，或生命中的事件，无论怎样繁

---

❶ 引自斯坦哈特《尼采》第114、115页。

❷ 同上。

❸ 引自尼采《快乐的科学》第341页。

❹ 引自《旧约·传道书1：9》。

杂多变也是有限的。有限对峙于无限，致使回归（复返、再现）必定发生。休谟说："任何一个对于无限和有限比较起来所具有的力量有所认识的人，将绝不怀疑这种必然性。"[1]

这很像我写过的那群徘徊于楼峰厦谷间的鸽子：不注意，你会觉得从来就是那么一群在那儿飞着，细一想，噢，它们生生相继已不知转换了多少回肉身！一群和一群，传达的仍然是同样的消息，继续的仍然是同样的路途，克服的仍然是同样的坎坷，期盼的仍然是同样的团聚，凭什么说那不是鸽魂的一次次转世呢？

不过，尼采接下来说："在你人生中的任何痛苦和高兴和叹息，和不可言表的细小或重大的一切事情将不得不重新光临你，而且都是以同样的先后顺序和序列。"[2]——对此我看不必太较真儿，因为任何不断细分的序列也都是无限的。彻底一模一样的再现不大可能，也不重要。"永恒回归"指的是生命的主旋律，精神的大曲线。"天不变，道亦不变"。比如文学、戏剧，何以会有不朽之作？就因为，那是出于人的根本处境，或生命中不可消灭的疑难。就像那群鸽子，根本的路途、困境与期盼是不变的，根本的喜悦、哀伤和思索也不变。怎么会是这样呢？就因为它们的由来与去向，根本都是一样的。人也如此。人的由来与去向，以及人的残缺与阻碍，就其本质而言都是一样的。人都不可能成神。人皆为有限之在，都是以其有限的地位，来面

---

❶ 引自大卫·休谟《自然宗教对话录》第八部分。

❷ 引自斯坦哈特《尼采》第114、115页。

对着无限的。所以，只要勤劳勇敢地向那迷茫之域进发，人间智慧难免也要在某一处汇合。唯懒惰者看破红尘。懒惰者与懒惰者，于懒惰中爆发一致的宣称：生命是没有意义的。

可就算是这样吧，断路的危险也并没有解除呀？如果生命——不论是鸽子，是人，还是恐龙——毁灭了，还谈什么“生生相继”和“永恒回归”？

但请注意“权力意志和永恒再现一起形成绝对肯定”这句话。“绝对肯定”是指什么？是指“有”或“在”的绝对性。就连“无”，也是“有”的一种状态，或一种观察。因为“权力意志”是创生的。这个在创生之际就已然包含了对自身观察的世界，是不会突然丢失其一部分的。减掉其一部分——比如说观察，是不可能还剩下一个全世界的。就好比拆除了摄像头，还会剩下一个摄像机吗？所以不必杞人忧天，不必担心“有”忽然可以“无”，或者“绝对的无”居然又是“有”的。

凭什么说“权力意志”是创生的？当然，这绝不是说整个宇宙乃是观察的产物，而是说，只有一个限于观察——用尼采的话说就是限于“内部透视”或“人性投射”——的世界，是我们能够谈论的。即我们从始至终所知、所言与所思的那个“有”或“在”，都是它，都只能是它；就连对观察不及之域的猜想，也是源于人的“内部透视”，也一样逃不出“人性投射”的知与觉。正如大物理学家玻尔所说：“物理学并不能告诉我们这个世界是怎样的，只能告诉我们，关于这个世界我们可以怎样说。”也就是老子所说的“知不知”吧。

知亦知所为，不知亦知所为，故你只能拥有一个“内部透视”或“人性投射”的世界。此外一切免谈。此外万古空荒，甭谈存在，也甭谈创生；一谈，知就在了，观察就在了，所以“权力意志”是创生的。

不过，“知不知”并不顺理成章地导致虚无与悲观。尽管“内部透视”注定了“测不准原理”的正确，人也还是要以肯定的态度来对待生命。虚无和悲观所以是站不住脚的，因为，生命之生生不息即是有力的证明。比如，问虚无与悲观：既如此，您为啥还要活下去？料其难有所答，进而就会发现，原来心底一直都是有着某种憧憬和希望的。

你只能拥有一个“内部透视”或“人性投射”的世界——可是，这样的话，上帝将被置于何位？这岂非等于还是说，世界是人——“权力意志”——所创造的吗？很可能，“超人”的问题就出在这儿。人，一种有限之在，一种有限的观察或意志，你确实应该不断地超越自己，但别忘了，你所面对的是“无限”他老人家！“权力意志”给出了“有”，同时，“权力意志”之所不及——即所谓“知不知”——给出了“无”。然而，这个“无”却并不因为你的不及就放过你，它将无视你的“权力意志”而肆无忌惮地影响你——而这恰是“无也是有的一种状态”之证明。孙悟空跳不出如来佛的手心，“超人”无论怎样超越也不可能成为神。所以，人又要随时警醒：无论怎样超越自我，你终不过是个神通有限的孙猴子。

好像出了问题。既然“无”乃“权力意志”之不及，怎么“无”

又会影响到“权力意志”呢？不过问题不大，比如说：我知道我摸不到你，但我也知道，我摸不到的你未必不能摸到我——这逻辑不成立吗？换句话说：无，即是我感受得到却把握不了的那种存在。这便又道出了“权力意志”的有限性，同时把全知全能还给了上帝，还给了神秘和无限。

这样看，“权力意志”的不及，或“内部透视”与“人性投射”之外，也是可以谈论、可以猜想的（唯休想掌控）。那万古空荒，尤其是需要谈论和猜想的——信仰正是由此起步。故先哲有言：神不是被证实的，而是被相信的。

可是，“权力意志”是有限的，并且是“永恒回归”的，这岂不等于是说：人只能在一条狭窄的道路上转圈吗？转圈比断绝，又强了多少呢？莫急，莫慌，人家说的是“权力意志和永恒再现一起形成绝对肯定”，又没说“权力意志”和“永恒回归”仅限于人这样一种生命样式。“权力意志”是创生而非派生的，而人呢，明明是历经种种磨难和进化，而后才有的。这一种直立行走的哺乳动物，除了比其所知的一切动物都能耐大，未必还比谁能耐大。其缺陷多多即是证明，比如自大和武断：凭什么说，生命的用料仅限于蛋白质，生命的形式仅限于拟人的种种规格？而另一项坏毛病是掩耳盗铃：对不知之物说“没有”，对不懂之事说“没用”。可是，人类又挖空心思在寻找外星智能，而且是按照自己的大模样找，或用另外的物质制造另外的智能，造得自己都心惊肉跳。

很可能，跟人一模一样的生命仅此一家。而其实呢，比人高明的也有，比人低劣的也有，模样不同，形式不一，人却又赌咒发誓地说那不能也算生命。“生命”一词固可专用于蛋白质的铸造物，但“权力意志”却未必仅属一家。据说，“大爆炸”于一瞬间创造了无限可能，那就是说，种种智能形式也有着无限的可能，种种包含着对自身观察的世界也会是无限多，唯其载体多种多样罢了。我们不知是否还有知者，我们不知另外的知者是否知我们，我们凭什么认定智能生命或“权力意志”仅此一家？

不过我猜，无论是怎样的生命形式，其根本的处境，恐怕都跑不出去跟人的大同小异。为什么？大凡“有”者皆必有限，同为有限之在，其处境料不会有什么本质不同。

有限并埋头于有限的，譬如草木鱼虫，依目前的所知来判断，是不具“权力意志”的。唯有限眺望着无限的，譬如人，或一切具“我”之概念的族类，方可歌而舞之、言而论之，绵绵不绝地延续着“权力意志”。这样来看，“权力意志”以及种种类似人的处境，不单会有纵向的无限延续，还会有横向的无限扩展。

“无”这玩意儿奇妙无比，它永远不能自立门户，总得靠着“有”来显现自己。“有”就能自立门户吗？一样不行，得由“无”来出面界定。而这两家又都得靠着观察来得其确认。“权力意志”就这么得逞了——有也安营，无也扎寨，吃定你们这两家的饭了。

哈，这岂不是好吗？不管你说无说有，说死说活，“权力意志”都是要在的。路还能断吗？干吗死着心眼儿非做那地球上某种直立行走的动物不可？甚至心眼儿死到，竟舍不得一具短暂的肉身和一个偶然的姓名。永恒回归的回路或短或长，或此或彼，但有限对峙于无限这一点是没有疑问的。甚至可以这样说：有=有限，无=无限，二者的存在赖于二者的互证，而这一个“证”字=观察=一条无穷的道路。

如果一条无穷的道路已被证明，你不得给它点儿意义吗？暂时不给也行，但它无穷无尽，总有一天“权力意志”会发现不给它点儿意义是自取无聊。无聊就无聊，咋啦？那你就接近草木鱼虫了呗，接近奇石怪兽了呗，爱护环境的人当然还是要爱护你，但没法儿跟你说话。

不过问题好像还是没有解决。尽管生命形式多多，与我何干？凡具“我”之概念者，还不是都得在一条狭窄的道路上做无限的行走？可是总这么走，总这么走，总这么“永恒回归”，是不是更无聊呢？

嚯，靡非斯特来了。浮士德先生，你是走、是不走吧？不走啦，就这么灯红酒绿地乐不思蜀吧！可这等于被有限圈定，灵魂即刻被魔鬼拿去。那就走，继续走！可是，走成个圈儿还不等于是被有限圈定，魔鬼还不是要偷着乐？那可咋办，终于走到哪儿才算个头呢？别说“终于”，也别说“走到”，更别说“到头”，“永恒回归”是无穷路，没头。“永恒回归完全发生在这个世界中：没有另一个世界，没有一个更好的世界（天堂），也没有一个更坏的世界（地狱）。这个世界就是全部。”[1]就是说：你跑到哪儿去，也是这样一个有限与无限

[1] 引自斯坦哈特《尼采》第114、115页。

相对峙的世界。所以，就断掉“无苦无忧”和“极乐之地”这类执迷吧，压根儿就没那号事！可这样不好吗？无穷路，只能是无穷地与困苦相伴的路，走着走着忽然圆满了，岂不等于说路又断了？半截子断了，和走到了头，有啥两样吗？

终于痛而思“蜀”了。好事！这才不至成为草木鱼虫、奇石怪兽。但“蜀”在何方？“蜀道之难，难于上青天！”它不在人们惯行的前后左右，它的所在要人仰望——上帝在那儿期待着你！某种看不见却要你信的东西，在那儿期待着你！期待着人不要在魔障般的红尘中输掉灵魂，而要在永恒的路上把灵魂锤炼得美丽，听懂那慈爱的天音，并以你稚拙的演奏加入其中。静下心来，仔细听吧，人间智慧都在那儿汇合——尼采、玻尔、老子、爱因斯坦、歌德……他们既知虚无之苦，又懂得怎样应对一条永无终止的路。勤劳勇敢的人正在那儿挥汗如雨，热情并庄严地演奏，召唤着每一个人去加入。幸好，任何有限的两个数字间都有着无穷序列，那便是换一个（非物质的）方向——去追求善与美的无限之途。

二〇〇七年十二月一日

神位 · 官位 · 心位

有好心人劝我去庙里烧烧香，拜拜佛，许个愿，说那样的话佛就会救我，我的两条业已作废的腿就又可能用于走路了。

我说："我不信。"

好心人说："你怎么还不信哪？"

我说："我不相信佛也是这么跟个贪官似的，你给他上供他就给你好处。"

好心人说："哎哟，你还敢这么说哪！"

我说："有什么不敢？佛总不能也是'顺我者昌，逆我者亡'吧？"

好心人说："哎哟哎哟，你呀，腿还想不想好哇？"

我说："当然想。不过，要是佛太忙一时顾不上我，就等他有工夫再说吧，要是佛心也存邪念，至少咱们就别再犯一个拉佛下水的罪行。"

好心人苦笑，良久默然，必是惊讶着我的执迷不悟，痛惜着我的无可救药吧。

我忽然心里有点儿怕。也许佛真的神通广大，只要他愿意就可以让我的腿好起来？老实说，因为这两条枯枝一样的废腿，我确实丢失了很多很多我所向往的生活。梦想这两条腿能好起来，梦想它们能完好如初，二十二年了，我以为这梦想已经淡薄或者已经不在，现在才知道这梦想永远都不会完结，一经唤起也还是一如既往地强烈。唯一的改变是我能够不露声色了。不露声色但心里却有点儿怕，或者有点儿慌：那好心人的劝导，是不是佛对我的忠心所做的最后试探呢？会不会因为我的出言不逊，这最后的机缘也就错过，我的梦想本来可以实现但现在已经彻底完蛋了呢？

果真如此吗？

果真如此也就没什么办法：这等于说我就是这么个命。

果真如此也就没什么意思：这等于说世间并无净土，有一双好腿又能走去哪里？

果真如此也就没什么可惜：佛之救人且这般唯亲、唯利、唯蜜语，想来我也是逃得过初一逃不过十五。

果真如此也就没什么可怕——无非又撞见一个才高德浅的郎中，无非又多出一个吃贿的贪官或者一个专制的君王罢了。此“佛”非佛。

当然，倘这郎中真能医得好我这双残腿，倾家荡产我也宁愿去求他一次。但若这郎中偏要自称是佛，我便宁可就这么坐稳在轮椅上，免得这野心家一日得逞，众生的人权都要听其摆弄了。

我既非出家的和尚，也非在家的居士，但我自以为对佛一向是敬重的。我这样说绝不是承认刚才的罪过，以期佛的宽宥。我的敬重在于：我相信佛绝不同于图贿的贪官，也不同于专制的君王。我这样说也绝不是拐弯抹角的恭维。在我想来，佛是用不着恭维的。佛，本不是一职官位，本不是寨主或君王，不是有求必应的神明，也不是可卜凶吉的算命先生。佛仅仅是信心，是理想，是困境中的一种思悟，是苦难里心魂的一条救路。

这样的佛，难道有理由向他行贿和谄媚吗？烧香和礼拜，其实都并不错，以一种形式来寄托和坚定自己面对苦难的信心，原是极为正当的，但若期待现实的酬报，便总让人想起提着烟酒去叩长官家门的景象。

我不相信佛能灭一切苦难。如果他能，世间早该是一片乐土。也许有人会说："就是因为你们这些慧根不足、心性不净、执迷不悟的人闹得，佛的宏愿才至今未得实现。"可是，真抱歉——这逻辑岂不有点儿像庸医无能，反怪病人患病无方吗？

我想，最要重视的当是佛的忧悲。常所谓"我佛慈悲"，我以为即是说，那是慈爱的理想同时还是忧悲的处境。我不信佛能灭一切苦难，佛因苦难而产生，佛因苦难而成立，佛是苦难不尽中的一种信心，抽去苦难佛便不在了。佛并不能灭一切苦难，即是佛之忧悲的处境。佛并不能灭一切苦难，信心可还成立吗？还成立！落空的必定是贿赂的图谋，依然还在的就是信心。信心不指向现实的酬报，信心也不依据他人的证词，信心仅仅是自己的信心，是属于自己的面对苦难的心态和思路。这信心除了保证一种慈爱的理想之外什么都不保证，除了给我们一个方向和一条路程之外，并不给我们任何结果。

所谓“证果”，我久思未得其要。我非佛门弟子，也未深研佛学经典，不知在佛教的源头上正果意味着什么，单从大众信佛的潮流中取此一意来发问：“果”是什么？可以证得的那个“果”到底是什么？是苦难全数地消灭，还是某人独自享福？是世上再无值得忧悲之事，还是某人有幸独得逍遥，再无烦恼了呢？

苦难消灭自然也就无可忧悲，但苦难消灭一切也就都灭，在我想来那与一网打尽同效，目前有的是原子弹，非要去劳佛不可？若苦难不尽，又怎能了无烦恼？独自享福万事不问，大约是了无烦恼的唯一可能，但这不像佛法倒又像贪官庸吏了。

中国信佛的潮流里，似总有官的影子笼罩。求佛拜佛者，常抱一个极实惠的请求。求儿子，求房子，求票子，求文凭求户口，求福寿双全……所求之事大抵都是官的职权所辖，大抵都是求官而不得理会，便跑来庙中烧香叩首。佛于这潮流里，那意思无非一个万能的大官，且不见得就是清官，徇私枉法乃至杀人越货者竟也去烧香许物，求佛保佑不致东窗事发抑或锒铛入狱。若去香火浓烈的地方做一次统计，保险——因为灵魂不安而去反省的、因为信心不足而去求教的、因为理想认同而去礼拜的——难得有几个。

我想，这很可能是因为中国的神位，历来少为人的心魂而设置，多是为君的权威而筹谋。“君权神授”，当然求君便是求神，求官便是求君了，光景类似于求长官办事先要去给秘书送一点礼品。君神一旦同一，神位势必日益世俗得近于衙门。中国的神，看门、掌灶、理财、配药，管红白喜事，管吃喝拉撒，据说连厕所都有专职的神来负责。诸神如此地务实，信徒们便被培养得淡漠了心魂的方位；诸神管理得既然全面，神通广大且点滴无漏，众生除却歌功颂德以求实惠还能何为？大约就只剩下吃“大锅饭”了。“大锅饭”吃到不妙时，还有一句“此处不养爷”来泄怨，还有一句“自有养爷处”来开怀。神位的变质和心位的缺失相互促进，以致佛来东土也只热衷俗务，单行其“慈”，那一个“悲”字早留在西天。这信佛的潮流里，最为高渺的祈望也还是为来世做些务实的铺陈——今生灭除妄念，来世可入天堂。若问：何为天堂？答曰：无苦极乐之所在。但无苦怎么会有乐呢？天堂是不是妄念？此问则大不敬，要惹来斥责，是慧根不够的征兆之一例。

电视剧《北京人在纽约》，曾引出众口一词的感慨以及嘲骂：“美国也不是天堂！”可，谁说那是天堂了？谁曾告诉你纽约专门是天堂了？人家说那儿也是地狱，你怎么就不记着？这感慨和嘲骂，泄露了国产天堂观的真相：无论急于今生，还是耐心来世，那天堂都不是心魂的圣地，仍不过是实实在在的福乐。福不圆满，乐不周到，便失望，便怨愤，便嘲骂，并不反省，倒运足了气力去讥贬人家。看来，那“无苦并极乐”的向往，单是比凡夫俗子想念得深远：不图小利，要中一个大彩。

就算天堂真的存在，我的智力还是突破不出那个“证果”的逻辑：无苦并极乐是什么状态呢？独自享福则似贪官，苦难全消就又与集体服毒同效。还是那电视剧片头的几句话说得好，那儿是天堂也是地狱。是天堂也是地狱的地方，我想是有一个简称的：人间。就心魂的朝圣而言，纽约与北京一样，今生与来世一样，都必是慈与悲的同行，罪与赎的携手，苦难与拯救一致地没有尽头，因而在地球的这边和那边，在时间的此岸和彼岸，都要有心魂应对苦难的路途或方式。这路途或方式，是佛我也相信，是基督我也相信，单不能相信那是官的所辖和民的行贿。

还有“人人皆可成佛”一说，也作怪，值得探讨。怎么个“成”法儿？什么样儿就算“成”了呢？“成”了之后再往哪儿走？这问题，我很久以来找不到通顺的解答。说“能成”吧，又想象不出成了之后可怎么办；说“永远不能成”吧，又像是用一把好歹也吃不上的草料去逗引着驴儿转磨。所谓终极发问、终极关怀，总应该有一个终极答案、终极结果吧？否则岂不荒诞？

最近看了刘小枫先生的《走向十字架上的真理》，令我茅塞顿开。书中讲述基督性时说：人与上帝有着永恒的距离，人永远不能成为上帝。书中又谈到，神是否存在？神若存在，神便可见、可及乃至可做，难免人神不辨，任何人就都可能去做一个假冒伪劣的神了；神若不存在，神学即成扯淡，神位一空，人间的造神运动便可顺理成章，肃贪和打假倒没了标准。这可如何是好？我理解那书中的意思是说：神的存在不是由终极答案或终极结果来证明的，而是由终极发问和终极关怀来证明的，面对不尽苦难的不尽发问，便是神的显现，因为恰是这不尽的发问与关怀可以使人的心魂趋向神圣，使人对生命取了崭新的态度，使人崇尚慈爱的理想。

“人人皆可成佛”和“人与上帝有着永恒的距离”，是两种不同的生命态度，一个重果，一个重行，一个为超凡的酬报描述最终的希望，一个为神圣的拯救构筑永恒的路途。但超凡的酬报有可能是一幅幻景，以此来维护信心似乎总有悬危。而永恒的路途不会有假，以此来坚定信心还有什么可怕！

这使我想到了佛的本义，佛并不是一个名词，并不是一个实体，佛的本义是觉悟，是一个动词，是行为，而不是绝顶的一处宝座。这样，“人人皆可成佛”就可以理解了，“成”不再是一个终点，理想中那个完美的状态与人有着永恒的距离，人即可朝向神圣无止地开步了。谁要是把自己披挂起来，摆出一副伟大的完成态，则无论是光芒万丈，还是淡泊逍遥，都像是搔首弄姿。“烦恼即菩提”，我信，那是关心，也是拯救。“一切佛法唯在行愿”，我信，那是无终的理想之路。真正的宗教精神都是相通的，无论东方还是西方。任何自以为可以提供无苦而极乐之天堂的哲学和神学，都难免落入不能自圆的窘境。

一九九四年二月二日

永在

我一直要活到我能够
坦然赴死，你能够
坦然送我离开，此前
死与你我毫不相干。

此前，死不过是一个谣言
北风呼号，老树被
拦腰折断，是童话中的
情节，或永生的一个瞬间。

我一直要活到我能够
入死而观，你能够
听我在死之言，此后
死与你我毫不相干。

此后，死不过是一次迁徙
永恒复返，现在被
未来替换，是度过中的
音符，或永在的一个回旋。

我一直要活到我能够
历数前生，你能够
与我一同笑看，所以
死与你我从不相干。